Emma Smith

Divorces with Aftershocks

Liebe ist die einzige Gefahr

Emma Smith

DIVORCES WITH AFTERSHOCKS

LIEBE IST DIE EINZIGE GEFAHR

Eisermann Verlag

Divorces with Aftershocks – Liebe ist die einzige Gefahr

Taschenbuchausgabe 7. Auflage 11/2017

Umschlaggestaltung: Sabrina Dahlenburg
Satz: André Piotrowski
Lektorat: Marie Weißdorn
Korrektur: André Piotrowski
CPI Druckdienstleistungen GmbH,
Ferdinand-Jühlke-Straße 7, 99095 Erfurt

http://www.Eisermann-Verlag.de
ISBN: 978-3-946342-26-7

1

LEXIE

Ich spielte wie verrückt an meinen Fingern herum. Wir saßen jetzt schon mindestens 20 Minuten hier herum. Und immer noch kein Mr. Croft zu sehen.

»Bist du sicher, dass er weiß, dass du dabei bist?«, fragte ich meine beste Freundin Sid zum bestimmt dritten Mal.

Seufzend sah sie mich an.

»Ich hab ihn angerufen, Lexie. Und ich hab dir auch gesagt, dass er uns dazwischen nimmt. Du weißt gar nicht, wie schwer es ist, bei ihm frühzeitig einen Termin zu bekommen.«

Oh doch, als wir das Gebäude betraten, kam mir da doch so langsam der Gedanke, dass Sids Bekannter nicht nur einfach ein Scheidungsanwalt war. Nein, er war *der* Scheidungsanwalt in New York City. Wenn es darum ging, den falschen Partner endlich loszuwerden, war er Ansprechpartner Nummer eins.

Allein der Empfang hier im 16. Stock war imposant anzusehen. Überall dunkler Marmor, die Stühle aus reinstem Leder. Die Bilder waren von irgendeinem örtlichen Künstler, aber wunderschön und mit Sicherheit viel zu teuer. Die Empfangsdame war uns gegenüber zwar freundlich, schien aber jetzt schon von uns genervt zu sein. Klar, wir sorgten vermutlich für Überstunden, denn Mr. Croft wollte, dass wir so spät wie möglich kamen.

Ich sah rüber zu Sidney, die seelenruhig eine Zeitschrift las. Ich hatte ihr bis hierher so viel zu verdanken. Wäre sie nicht gewesen, würde ich immer noch bei Michael sein und mich demütigen lassen. Ich zupfte an meinem Halstuch herum. Sid bemerkte es.

»Tut es noch sehr weh?«, fragte sie mich mit sanfter Stimme.

»Nein, es ist nur etwas warm.«

»Wir haben Juli, Lexie. Du hättest es auch ruhig zeigen können. Dann sieht die Welt wenigstens, was Michael für ein ...«

Sie stoppte sich selbst und tauchte wieder in ihre Zeitschrift ab. Manchmal wurde sie wütender auf die ganze Sache als ich. Das war dann der Moment, in dem ich wieder einmal bemerkte, wie wichtig sie mir war.

Sid hatte mich immer gewarnt, ihn zu heiraten. So oft teilte sie mir mit, dass sie Michael nicht mochte, dass irgendwas an ihm war, das nicht echt wirkte. Und was tat ich? Ich ignorierte es und fiel damit zwei Jahre später so richtig auf die Schnauze.

»Aber schön, dass du wieder gewaschene und gebügelte Kleidung trägst«, bemerkte sie und lächelte zaghaft.

Ja, ich bemerkte ihren amüsierten Unterton. Und ja, ich trug seit einigen Tagen ein und dieselben Klamotten. Ich fand aber auch, dass mir das zustand, nach dem ganzen Dreck, der passiert war.

»Jogginghose und Schlabbershirt wären hier wohl unangebracht.«

»Vergiss nicht deine Häschen-Pantoffeln«, lachte Sidney laut und ich stimmte mit ein.

Die hatte ich ganz vergessen.

»Mr. Croft erwartet sie jetzt«, ertönte es vom Empfang und augenblicklich verstummten wir wieder.

»Na dann mal los.«

Sid legte die Zeitschrift weg, ich folgte ihr. Jetzt kam also doch noch diese schlimme Nervosität.

Die Empfangsdame zeigte den langen Flur entlang.

»Und dann bitte hinten rechts.«

Sie blieb stehen und sah uns nach.

»Julian«, begrüßte Sid ihn freudestrahlend.

Sie hatte immer dieses gewisse Lächeln drauf. Sid sagte von sich selbst, dass sie das immer nur tat, wenn sie in diesen bestimmten Kreisen verkehrte. Aber irgendwie wirkte sie viel fröhlicher als sonst immer. Es war nicht aufgesetzt.

Ich trat ein und sah, wie sie ihm ein Kuss auf die Wange gab, dann konnte auch ich Mr. Croft richtig sehen.

Verdammter Mist. Das ist kein Mann, sondern ein Gott.

Er überragte Sid um mindestens eine Kopflänge, wenn nicht sogar mehr. Wie groß war er? 1,90? Sid war doch schon knapp 1,80. Und dann dieser Anzug, maßgeschneidert. Das musste er sein, wieso würde er sonst so perfekt an ihm aussehen?

Grüne Augen sahen mich an. Grüne, wundervolle, aber auch feurige Augen.

Sein Gesicht markant, er pflegte seinen Dreitagebart. Attraktiv bis ins Mark. Seine Haare waren kurz, dunkel, aber obenherum leicht zerzaust. Das gab ihm für einen kurzen Augenblick etwas Wildes.

»Danke, dass du noch Zeit für uns hast. Ich weiß ja, es war sehr kurzfristig«, sprach Sid ihn an.

Sie riss mich aus meiner Schwärmerei und ich räusperte mich erst einmal verlegen.

Julian blinzelte noch einmal kurz zu mir herüber, wandte sich dann aber freundlich lächelnd wieder Sid zu.

»Das ist gar kein Problem.«

Seine Stimme hatte genau den richtigen Klang. Nicht zu tief, aber rau und sie trotzte nur so von Stärke.

Sid schien erleichtert. »Wunderbar. Das ist übrigens Alexandra Pike.«

Oh, ich hätte mich doch von selbst vorstellen sollen.

Ich ging auf ihn zu und hielt ihm meine Hand hin. *Kein Küsschen bitte, das ertrag ich nicht.* Unsicher wartete ich auf seine Reaktion, die auch sofort kam. Mit festem Griff schüttelte er meine Hand. *Was zum Teufel ist das denn jetzt?*

Ich bekam Gänsehaut, riss ihm meine Hand praktisch weg.

»Danke, dass Sie sich die Zeit nehmen, Mr. Croft«, versuchte ich etwas beschwichtigt zu wirken.

Als ich ihn ansah, nickte er, sah aber keineswegs verärgert aus. Aber ich kannte ihn auch nicht, was wusste ich schon?

»Dann nehmt bitte Platz.«

Mr. Croft ging um seinen Schreibtisch herum und setzte sich. Wir nahmen gegenüber von ihm Platz. Er griff nach seinem überteuerten Kuli und sah uns an.

»Da ich weiß, dass Sidney wohl in nächster Zeit keine Lust auf Hochzeit und dergleichen hat, gehe ich davon aus, dass es um Sie geht, Alexandra.«

Seine Stimme war wie Musik in meinen Ohren. Sofort schrie ich innerlich auf. *Jetzt reiß dich mal zusammen, es geht hier um Wichtigeres als deine Hormone!*

»Und ob, Julian«, pflichtete Sid ihm bei.

Sie nannten sich beim Vornamen. Wie nah standen die beiden sich eigentlich?

»Nennen Sie mich Lexie.«

Alexandra nannte mich kaum noch einer.

Julian nickte. »Gut, Lexie.«

Plötzlich klingelte Sids Handy in ihrer Tasche. Sie holte es heraus und entschuldigte sich sofort. Als die Tür hinter ihr klickte, saßen wir also da.

Allein.

Ich sah mich kurz um. Alles edel, vom Feinsten. Ledercouch, Lederstühle, selbst die Schränke waren mit Sicherheit aus demselben überteuerten Laden. Sein Schreibtisch riesengroß, natürlich Mahagoni. Und die Aussicht, einfach atemberaubend. Man konnte das Empire State Building sehen. Wie es wohl aussah, wenn abends die Lichter der Stadt leuchteten?

»Wie lange waren Sie verheiratet?«, stellte er mir plötzlich die erste Frage.

»Zwei Jahre.«

Er nickte und schrieb etwas auf.

»Sein Jahreseinkommen?«

»Sein was?«

Er sah vom Blatt auf.

»Wie viel hat er letztes Jahr verdient?«

»Ich will kein Unterhalt«, sprudelte es aus mir heraus.

Julian lehnte sich in seinem Stuhl zurück.

»Ich will einfach nur, dass diese Ehe ein Ende hat.«

Es kostete mich sehr viel Kraft, das auszusprechen. Zu viele Emotionen fanden sich in dem Wort »Ehe«. Ich wollte sie loswerden, auch wenn das schwierig werden würde.

»Dass Sie abgeschlossen haben, sehe ich«, kam es von ihm in ruhigem Ton. »Sie tragen keinen Ring mehr.«

Ich sah auf meine Hände hinab. Richtig, ich trug ihn nicht mehr.

»Und das führt mich zu meiner zweiten Frage.«

Jetzt wurde ich neugierig. Worauf wollte er hinaus?

»Eine Frau, die den Weg zu einem Anwalt findet, ist bereit, sich mit dem Thema Scheidung auseinanderzusetzen. Eine Frau, die keinen Ring mehr trägt, will die Scheidung. Und Sie tragen im Sommer ein Halstuch. Entschuldigen Sie, aber Sie hören sich nicht erkältet an.«

Er stützte die Ellbogen auf den Tisch, spielte mit dem Kugelschreiber in seiner Hand und starrte mich abwartend an.

Bingo.

Ich war sicherlich nicht die erste Frau in seinem Büro, die mit Missbrauch oder Gewalt zu tun gehabt hatte. Aber dass er es sofort erahnte, war mir total unangenehm.

Seufzend nickte ich. Verleugnen ließe sich das nicht.

»Michael hat sich verändert. Ich kann …«

»Michael Pike ist Ihr Ehemann«, schlussfolgerte er und starrte mich abwartend an. Er kannte ihn also?

»Es zieht Kreise, wenn er junge Hüpfer zu irgendwelchen Veranstaltungen mitnimmt, die eigene Frau aber nie gesehen wird, ich weiß«, antwortete ich mit übertrieben sarkastischem Unterton.

Ich hielt nie viel von seinem Lebensstil oder davon, mit den Reichen und Schönen zu verkehren. Deswegen hatte ich ihn damals auch nicht geheiratet. Aber jetzt zu hören, wieso er nie vorgeschlagen hatte, dass ich zu diesen Galadinnern und so weiter mitkomme, versetzte mir wieder einen leichten Stich ins Herz. Hatte ich Michael je wirklich gekannt?

Er räusperte sich. Es war ihm sichtlich unangenehm, dass er wohl mehr Affären meines Mannes kennengelernt hatte als ich selbst.

»Hören Sie. Sid sagte mir, dass Sie mir womöglich helfen könnten, dass Sie der Beste Ihres Faches in New York sind und ich …«

»Sid weiß, wovon sie spricht«, fiel er mir ins Wort.

Wow, selbstverliebt ist der Typ wohl gar nicht!

»Ich will einfach, dass er meine Wohnung verlässt.«

»Er lebt in Ihrer Wohnung?«, wiederholte er entsetzt.

»Er will sie nicht verlassen, wenn ich nicht zurückkomme.«

Julian Croft schrieb sich einiges aufs Papier. Davon lesen konnte ich leider nichts.

»Kaum zu glauben, dass der, der in Geld schwimmt, seiner Frau die eigene Wohnung verwehrt.«

Er schien selbst über seine Worte überrascht, wollte das, was er dachte, wohl nicht laut aussprechen. Ich lächelte. Er war also doch menschlich. Auch er sah mich an und ich konnte sehen, wie sein Mundwinkel leicht amüsiert zuckte. Mr. Croft fand die Situation wohl auch erheiternd.

»Soo.«

Sid kam wieder ins Büro gestürmt und sah uns beide fragend an. Julian fand seine alte Haltung wieder und zog abrupt die Schultern hoch.

»Wie weit sind wir?«, fragte sie in die Runde und setzte sich wieder.

»Selbstverständlich übernehme ich den Fall. Am besten sendet ihr mir die weiteren Details per Mail zu.«

»Okay, was brauchst du?«, fragte Sid ihn.

»Erst mal nur die Heiratsurkunde.«

Ich sah Sid fragend an. Mehr nicht.

»Das ist alles?«, fragte ich ihn zögerlich.

»Mädels. Macht euch keine Sorgen, ich regle das schon. Sie wollen Michael loswerden, ich sorge dafür.«

So wie das klang, sollte ich ja eigentlich froh sein. Aber diese Arroganz in seiner Stimme und seine ganze Haltung ließen die Zweifel, ob er mir helfen könne, immer noch nicht ganz verschwinden.

»Das klingt doch super, oder, Lexie?«

Sid strahlte mich an, und ich lächelte ihr zu. Wieder klingelte ihr Handy.

»Verflucht noch mal ... Entschuldigt mich, aber die Agentur kann einfach nicht ohne mich.« Wieder verschwand sie aus der Tür.

»Waren Sie bei einem Arzt?«, fragte er plötzlich.

Ich sah ihn entsetzt an. Ich war schon fast erleichtert, dass er mich nicht direkt darauf ansprach, und jetzt das.

Leicht schüttelte ich den Kopf und sah auf meine Hände. Es war mir mehr als peinlich. Ich wollte nie zu den Frauen gehören, die das erleben mussten, hatte immer den Kopf geschüttelt, wenn ich im Fernsehen davon etwas mitbekam. Und jetzt saß ich hier bei diesem viel zu attraktiven Anwalt und musste ihm erzählen, was Michael mit mir gemacht hatte.

»Hätte ich ein ärztliches Attest, könnte ich dafür sorgen, dass die Ehe direkt annulliert wird.«

»Das will ich nicht«, antwortete ich sofort. Er sah mich verständnislos an.

»Ich habe Michael geheiratet. Zwei Jahre waren wir Mann und Frau. Es wäre falsch, so zu tun, als wäre diese Ehe nicht geschlossen worden oder gesetzlich nichtig.«

Sid verstand meinen Standpunkt auch nicht, wieso sollte Julian Croft das jetzt tun?

Aber anstatt dagegen zu argumentieren, nickte er einfach nur. Sein Blick hatte etwas Intensives. Wieso hatte ich das Gefühl, als würde er mich innerlich ausziehen, wenn er mich ansah? Er war doch auch nur ein Mann! Gut, ein überaus gut aussehender Mann, aber das sollte mich in meiner momentanen Lage kaltlassen.

Kein Mann sollte sich in nächster Zeit in meinen Kopf schleichen. Dazu war ich doch zu kaputt!

»Meine E-Mail-Adresse soll Ihnen meine Assistentin am Empfang geben. Schaffen Sie es bis heute Abend?«

Ich sah ihn fragend an.

»... mir die Kopie Ihrer Heiratsurkunde zu mailen?«

»Sicher. Aber ... wollen Sie nicht noch irgendwas wissen?«

Ich war wirklich irritiert. Fragte man nicht, nach was auch immer? Um Infos zu bekommen?

»Ich habe, was ich brauche. Alles andere werde ich auf meine Art tun.«

»Wann wird er erfahren, dass ich bei Ihnen war?«

Eine berechtigte Frage, denn Michael glaubt immer noch, dass ich zurückkommen würde.

»Sie wohnen bei momentan bei Sidney?«

Ich nickte.

»Die meisten Männer finden es natürlich nicht schön, wenn sie Post vom Anwalt bekommen. Aber die meisten verstehen dann auch, dass es Zeit ist, es zu akzeptieren. Ich werde die Scheidung bei Gericht beantragen. Vorher werde ich mir aber noch einige Informationen besorgen müssen. Machen Sie sich keine Sorgen. Ich kenne viele Männer, die dachten, sie wären in der Ehe der bestimmende Part. Als es dann zur Scheidung kam, waren sie diejenigen, die das Sommerhaus in Long Island freiwillig abgaben.«

Er wollte mich damit beruhigen. Ganz klar. *Aber bei uns geht es nicht um ein Sommerhaus.*

Ich erhob mich. Julian Croft war so höflich, dass er auch aufstand.

»Ich werde Ihnen die Urkunde mailen. Danke, dass Sie das alles übernehmen.«

Ich hielt ihm wieder die Hand entgegen, die er zögerlich annahm, als er um seinen Schreibtisch kam.

»Sidneys Freunde sind auch meine. Das tue ich gern, Lexie.«

Sein Blick durchbohrte mich förmlich. Für einen Moment ließen mich seine Augen die Zeit vergessen.

»Kinder haben Sie nicht?«, fragte er plötzlich.

»Nein«, antwortete ich ihm, so schnell es ging.

Wieso wollte ich nur, dass er unbedingt wusste, dass ich noch kinderlos war?

Ich wusste es natürlich, aber eingestehen? Jetzt? *Niemals.*

Ich konnte schwören, dass seine Schultern sich entspannten.

»Das erleichtert natürlich alles«, versuchte er, seine Frage zu rechtfertigen. Erst jetzt bemerkte ich, dass er noch immer meine Hand hielt. Warum ließ keiner los?

»Jetzt bin ich ganz für euch da«, lächelte Sid und sah uns beide fragend an.

Diesmal war es Julian, der meine Hand losließ. Ich sah, wie er an seinem Ärmel zog, und bemerkte die wunderschönen Manschettenknöpfe, die er trug.

»Wir sind schon fertig, Sidney. Lexie wird mir wie besprochen die Heiratsurkunde zusenden und dann werde ich alles andere erledigen. Ihr werdet per Mail oder durch meine Assistentin über alles Weitere informiert.«

»Und was die Bezahlung angeht, das regle ich«, erklärte Sid ihm.

Sie hatte mir heute Morgen schon klargemacht, dass sie gerne alles bezahlen würde, damit sie Michael endlich von mir losbekam. Ich wollte es nicht, aber Sid ließ mich nicht mal mehr ausreden. Für sie war die Sache geklärt. Ich wollte nichts von ihm außer meiner Wohnung.

»Das können wir später besprechen«, gab er nur als Antwort.

Sid nickte.

Sie schien seine Zurückhaltung zwar nicht nachzuvollziehen, aber sie akzeptierte es.

»Gut, dann war's das erst mal.«

Julian gab Sid wie vorhin zwei kurze Küsse auf die Wange und nickte mir dann einfach schroff zu. *Okay, das war verständlich.*

Eine Stunde später mailte ich ihm die Urkunde zu. Es gab ein höfliches »Danke« zurück und er schrieb, dass er sich die Tage melden würde. Das war's.

Bevor ich weiter über ihn nachdenken konnte, versuchte ich, mich bei Sid irgendwie einzurichten. Sie lebte in Manhattan und hatte ein zweistöckiges Apartment, von oben bis unten durchdesignt. Alles war so ganz anders im Vergleich zu meinem Lebensstil.

Dennoch konnte man immer wieder Sid darin sehen. Ob die bunten Sofakissen auf der weißen Ledercouch oder die vielen Familienfotos am Eingang. Ich fühlte mich bei meiner besten Freundin wohl.

Sonntagabend, zwei Tage nachdem ich beim Anwalt war und meine Ehe offiziell für beendet erklärt hatte, lag ich auf der Couch, aß chinesisches Essen und schaute fern. Es dauerte ungefähr eine halbe Stunde, bis ich endlich etwas im TV gefunden hatte, das keine Schnulze war.

»Oho, dein Schlabberlook«, ermahnte Sid mich und zupfte ihr verdammt kurzes Kleid zurecht.

»Wo willst du denn hin?«

»Phil hat mich eingeladen.«

Phil war Sids momentane Schwärmerei. Also nichts Ernstes. Sie konnte es sich leisten, ihre Werbeagentur lief seit Jahren blendend. Mit den Männern klappte das nur bedingt.

»Dann viel Spaß.« Ich zwinkerte ihr zu und nippte an meinem Glas Rotwein. Sie zog sich ihre High Heels an.

»Heute akzeptiere ich noch deinen Gammellook. Beim nächsten Mal kommst du mit, Fräulein.«

Sie sah mich drohend an.

»Du weißt schon, dass ich mich gerade erst getrennt habe?«, antwortete ich ihr und stocherte in meinen chinesischen Nudeln herum.

»Deine Ehe war schon viel früher zu Ende und das weißt du auch. Also erzähl mir nichts.«

Natürlich hatte sie recht. Meine Ehe war schon seit Langem kaputt, ich hielt daran einfach zu lang fest. Dennoch war ich nicht so wie sie. Sie hatte ein Date nach dem anderen, bekam ihre Aufmerksamkeit und war damit zufrieden.

Ich war jemand, der den Richtigen suchte. Auch wenn es, so ironisch das jetzt auch klingen mag, absoluter Schwachsinn war. Michael war der Beweis. Ich hatte keine gute Menschenkenntnis.

»Dein Hals sieht besser aus«, befand Sid. Ich strich kurz über die blauen Flecke an meinem Hals. Ja, sie wurden immer heller.

»Nächste Woche sieht man sie sicher nicht mehr«, antwortete ich und versuchte, dabei so ruhig wie möglich zu klingen. Ihr Seufzen bekam ich dennoch mit.

»Du weißt, dass ich Julian nichts darüber gesagt habe, weil du es so wolltest.«

»Ich weiß.«

Sie musste nicht wissen, dass er bereits angedeutet hatte, dass er wusste, was ich unter dem Tuch versteckte.

»Es mag für ihn ein tägliches Geschäft sein, aber wenn er gewusst hätte …«

Es klingelte an der Tür.

»Jetzt sag bloß, Phil kommt auch noch pünktlich«, meckerte sie vor sich hin und öffnete die Tür.

Während ich wieder auf den Fernseher sah, hörte ich Sid fragend »Oh« sagen.

»Sie ist im Wohnzimmer«, kam anschließend von ihr.

Ich sah in den Flur und mein Herz flog ungefähr in die unterste Etage hinunter.

Es war Julian Croft, der mit einer erstaunten Sidney Richtung Wohnzimmer kam. Ich sah an mir herunter. Ich hatte mein altes Harvard-Shirt an, das verwaschener war als alles anderen. Meine graue Jogginghose war potthässlich und meine Häschen-Pantoffeln durfte ich erst gar nicht erwähnen.

Ich riss mir die Wolldecke von der Couchlehne, legte sie über meine Beine und zog sie so weit hoch, wie es nur ging.

Gott sei Dank waren meine langen straßenköterblonden Haare hochgesteckt. Die Knoten wollte keiner sehen.

»Lexie, Julian ist da. Er wollte dich sprechen.«

Sid kam mit ihm ins Zimmer und rümpfte wegen meines Aufzuges angewidert die Nase. Julian sah wie geleckt aus. Er trug eine Lederjacke und dazu eine verwaschene Jeans. Nichts war mehr zu sehen von dem knallharten Anwalt im überteuerten Anzug. Der stand ihm natürlich auch sehr gut.

Jetzt sah er dazu noch viel jünger aus. Wie alt war er eigentlich? Und was für ein verrückter Kontrast. Sid sah aus, als wäre sie aus einem Modekatalog entsprungen, Julian stand ihr in nichts nach. Nur ich sah aus wie: ausgeschissen!

»Tut mir leid, wenn ich störe.«

Er schaute kurz zum Fernseher rüber.

Ja, ich darf mir doch wohl mal einen ruhigen Abend vor dem TV gönnen!

»Kein Problem. Ich bin weg, schönen Abend euch zweien«, lächelte Sid freundlich, berührte noch zum Abschied meine Schulter und verließ uns dann.

Das hat sie extra gemacht.

Sie hasste mein Outfit und wollte es mir so heimzahlen. Damit ich nie wieder unvorbereitet vor so einem tollen Mann stand.

»Setzen Sie sich ruhig«, bat ich ihn, während ich meine Decke noch enger an mich drückte. Er setzte sich mir gegenüber.

»Ich wollte Ihnen eigentlich nur etwas vorbeibringen.«

Er überreichte mir einen Umschlag und ich sah ihn fragend an.

»Die Papiere Ihrer Wohnung.«

»Was?«

Hastig, fast verzweifelt öffnete ich den Umschlag und fand wirklich die Kaufurkunde meiner Wohnung wieder. Michael hatte sie mir abgenommen, als ich sie mir holen wollte.

»Das ... Wie haben Sie das geschafft?«

»Unwichtig. Hauptsache, Sie können wieder in Ihre Wohnung. Was Ihnen rechtmäßig gehört, kann Ihnen nun mal nicht so einfach weggenommen werden. Morgen können Sie wieder einziehen. Er wird Sie sicherlich nicht mehr dort aufsuchen.«

Er klang ernster als gedacht. Er musste mit ihm gesprochen haben.

»Und er akzeptiert das einfach so?«

Ich kannte Michael. Wenn ich eines in den letzten Wochen gelernt habe, dann, dass er sich nicht so leicht abwimmeln ließ. Die vielen anonymen Anrufe auf meinem Handy bewiesen das jeden Tag.

»Das wird er akzeptieren müssen«, antwortete er mir mit fester Stimme.

Ich war so erleichtert und froh, meine Wohnung wieder für mich zu haben, dass ich aufsprang und ihn lächelnd umarmte.

Doch bevor ich sein Aftershave weiter in mich aufnehmen konnte, realisierte ich, was ich da gerade tat und wen ich eigentlich umarmte. Ich ließ ihn los, sodass unsere Gesichter einen Moment lang nur noch Zentimeter voneinander entfernt waren. Ich dachte, er hätte grüne Augen, aber da war noch etwas Funkelndes zu sehen. Ich wollte etwas sagen, als ich sah, dass sein Blick auf meinen Lippen lag ...

Nein, was tust du da?

Schnell setzte ich mich wieder auf meine Seite der Couch und legte mir beschämt eine Strähne hinters Ohr zurück.

»Ich wollte eigentlich nur Danke sagen. Ich hätte nicht gedacht, dass ich noch mal in meine Wohnung komme. Geschweige denn dort weiterhin wohnen könnte.«

Julian grinste. War es ihm etwa auch peinlich?

»Das ist mein Job.«
War es das wirklich?
Er saß auf einem Sonntagabend hier und wollte mir persönlich mitteilen, dass ich in meine Wohnung zurückkonnte?
»Haben Sie nicht Besseres vor, als hier zu sitzen?«
Ich wollte ihn fragen, wieso er da war. Es machte mich nervös, dass er da so topgestylt saß und ich ihn so komisch anstarrte. Er musste meinen Blick bemerkt haben.
»Ich habe wenig Freizeit. So etwas wie Wochenende gibt es für mich nicht.«
Ich glaubte ihm. Nicht umsonst war er so erfolgreich.
»Außerdem kann ich solche Typen wie ihren Ex nicht leiden.«
Seine Kiefer spannten sich vor Zorn an.
»Frauen schlagen. Sie ausnutzen, weil man körperlich gesehen der Stärkere in der Beziehung ist ...«
Er schien vor sich hin zu träumen. Meinte er jetzt wirklich nur Michael damit?
Wenige Sekunde später schmunzelte er plötzlich. Was für ein schneller Stimmungswandel.
»Sie hätten mir ruhig sagen können, dass Michael mit einem Veilchen durch die Gegend läuft.«
Ich zuckte beiläufig mit den Schultern.
»Er hat es nicht anders verdient.«
Kurz tauchte das Bild vor mir auf, wie Michael sich über mich beugte, mich mit all seiner Kraft packte und wie ich dann meine Faust in sein Gesicht schlug. Eine Genugtuung, denn was er vorher mit mir gemacht hatte ...
Julians Blick glitt zu meinem Hals.
Er hatte jetzt freies Blickfeld auf die blauen Flecke. Dann sah er mir wieder in die Augen und ich konnte etwas sehen, das ich nicht erklären konnte. Hass? Wut?
»Weiß er, wieso ich Sie engagiert habe?«, fragte ich ihn, um seinen Blick von meinem Hals abzulenken.
Es gelang.
»Er wird sich seinen Teil denken, aber solange er nicht wirklich etwas weiß, wird er sicher auch nichts unternehmen. Machen

Sie sich keine Sorgen, Lexie. Michael wird Sie nicht mehr lange beschäftigen.«

Er stand auf und zog seine Jacke gerade.

»Genießen Sie den Abend. Ab sofort wird es ruhiger.«

Er klang so sicher und ich vertraute auf sein Wort. Wer wusste schon, was er Michael alles gesagt hatte oder womit er drohte? Immerhin war Julian damit dick im Geschäft.

»Ich werde nächste Woche die Scheidung einreichen. Wenn Michael sich melden, Ihnen drohen oder irgendwas in diese Richtung versuchen sollte, rufen Sie mich und die Polizei an.«

Ich hoffte, das würde alles nicht zutreffen. Ich wollte die Sache einfach nur noch hinter mir lassen.

»Und um all diese Dinge zu beantragen reicht die Urkunde?«, fragte ich überrascht.

»Ich habe alles, was ich brauche«, antwortete er knapp.

Was war das für ein Mann? Stellte kaum Fragen, besorgte mir aber innerhalb weniger Tage meine Kaufurkunde und stellte den Antrag auf die Scheidung.

»Danke, dass Sie extra dafür vorbeigekommen sind.«

Ich gab mich fürs Erste geschlagen und wedelte leicht mit der Kaufurkunde herum. Da war wieder dieser Blick. Seine Augen wirkten dunkler, glänzten richtig, als er mich ansah.

»Sidney lässt Sie bei sich wohnen. Sie müssen eine gute Freundin sein und genau das ist sie auch für mich.«

Ja, ja, ihr seid befreundet. Ich kann es nicht mehr hören.

Und wieso betonte er das ständig? Musste er mir immer wieder unter die Nase reiben, dass ich ihm scheißegal war?!

»Alles Weitere klärt meine Assistentin mit Ihnen, Miss Johnson.«

Er nannte mich bei meinem Mädchennamen und nicht mehr Lexie? Ich blieb sitzen, als er sich zur Tür aufmachte. Wäre ich aufgestanden, wäre mein Herz wieder nach unten geplumpst. Das wollte ich verhindern und verschränkte stattdessen die Arme vor meiner Brust.

Warum war er jetzt so drauf? Erst dieser persönliche Besuch, er wolle mir unbedingt die Freude machen und die Urkunde vorbeibringen, und dann wieder dieses Förmliche. Bloß nicht zu weit gehen. *Meine Güte, es ist nur ein Vorname, reg dich ab!*

Sids High Heels klimperten über das Parkett.

»Warum sagst du mir nicht, dass ich meine Tasche vergessen habe?«, tadelte sie mich seufzend und griff zum Kaminsims, auf dem ihre kleine handliche Tasche lag. Passend zum Kleid natürlich.

»Ich weiß, dass ich nur Gast bin, aber bitte schick meinen Anwalt nicht noch mal ins Wohnzimmer, wenn ich aussehe, als würde ich mich in Selbstmitleid suhlen«, fauchte ich sie wütend an.

Mein Blick musste mörderisch sein, denn Sid sah mich ängstlich an. Natürlich übertrieben gespielt, wie immer.

»Uh. Wer ist denn da so mies gelaunt? Gab es schlechte Nachrichten von Julian?«

Jetzt klang sie besorgt und setzte sich zu mir aufs Sofa.

»Quatsch. Er hat mir meine Kaufurkunde wiedergegeben.«

»Von deiner Wohnung?«, fragte sie entsetzt fröhlich.

Ich nickte und sie klatschte begeistert in die Hände.

»Hab ich dir nicht gesagt, dass er gut ist?«

»Darum geht's doch gar nicht, Sid. Er sah aus wie Zeus und ich sah aus wie …«

»Alexandra Mary Pike …« Sie sah mich forschend an.

»Was?«

Ich versuchte, ihrem Blick auszuweichen.

»Stehst du auf deinen Anwalt?«, fragte sie mich mit unsicherem Blick.

»Scheiße, nein!«

Sie taxierte mich genauer, ich hielt ihrem Blick stand.

Dann zuckte sie mit den Schultern.

»Wenigstens hast du deine große Klappe wieder.«

Sid stand auf und verabschiedete sich noch mal winkend. Ich wollte sie fragen, ob Julian und sie vielleicht … aber ich verkniff es mir. Sie dachte ja jetzt schon, dass ich auf ihn stand. Was völliger Quatsch war. Er war einfach der Kerl, der meine Ehe scheiden sollte.

Mein Handy lag auf dem Wohnzimmertisch vor mir, als es klingelte. Ich sah aufs Display. Michael.

Seufzend nahm ich das Gespräch an. Wenn er mir drohte, wusste ich, was zu tun war.

»Michael«, begrüßte ich ihn und versuchte, freundlich zu bleiben.

»Jetzt hetzt du mir schon Julian Croft auf den Hals?«

Allein seine Stimme versetzte mich gedanklich in unsere letzte gemeinsame Nacht zurück. Ich strich mir gedankenverloren über den Hals.

Er hatte es passend getroffen, dieser Mistkerl.

»Die Wohnung gehört mir, also steht sie mir auch zu. Rechtmäßig.«

Ruhig bleiben.

»Komm mir nicht mit dem Scheiß, Lexie. Ich kenne sein Fachgebiet! Du hast ihn beauftragt, die Scheidung abzuwickeln!«

Ich fluchte leise vor mich hin. Es war klar, dass er eins und eins zusammenzählen würde.

»Hast du wirklich geglaubt, dass ich nach all dem, was war, zu dir zurückkomme, Michael?«

Ein Seufzer kam vom anderen Ende der Leitung.

»Süße ...«

Jetzt versuchte er es also auf seine typische Tour.

»Du weißt, dass du ohne mich nicht kannst. Wovon willst du leben?«

»Ich weiß nicht, vielleicht von dem, was ich verdiene?«, antwortete ich spöttisch.

»Du kannst mit mir die Welt haben.«

Oh mein Gott, jetzt kommt also noch der Großkotz heraus.

»Ich hatte die Welt, Michael. Zwei Jahre lang. Und das waren zwei Jahre zu viel«, konterte ich und wurde wirklich langsam wütend.

Ich hatte abgenommen, weil ich dachte, er würde vielleicht einsehen, dass eine Scheidung das Beste wäre.

»Dein letztes Wort?«, brummte er in den Hörer.

Was erwartete er? Er hatte mich gewürgt, mich durch die gesamte Wohnung gedonnert.

»Ja«, antwortete ich mit fester Stimme.

»Das wirst du bereuen!«

»Such dir einen Anwalt.«

Und ich legte auf. Zwei Minuten ging das Gespräch, mein Handy zeigte es an. Das waren zwei Minuten zu viel.

»Es ist wirklich alles noch da, wo es auch sein soll«, erklärte ich Sid verblüfft, als ich aus meinem Schlafzimmer kam.

»Wundert dich das? Michael hat hier mit Sicherheit auch nicht geschlafen. Er wollte dir nur eins reinwürgen.«

Sie setzte sich seufzend auf mein Sofa und ich sah mich weiter im Wohnzimmer um. Selbst unsere gemeinsamen Bilder standen noch auf der Kommode. Das aus unserem letzten gemeinsamen Urlaub nahm ich mir. Ich lag auf der Sonnenliege, Michael direkt neben mir. Wir beide lächelten in die Kamera. Sein Lächeln war meist ansteckend. Seine kurzen blonden Haare waren von der Sonne noch heller geworden. Die Sonnenbrille, die er trug, verstärkte seine Sunnyboy-mäßige Ausstrahlung. Er wusste ganz genau, wie er auf Frauen wirkte. Mistkerl.

Als hätte es »klick« gemacht, packte ich die anderen Bilder zusammen und schmiss sie in den Mülleimer.

Die Tür öffnete sich und der Haustechniker grinste uns an. Er war moppelig, bekam bereits eine Glatze und dennoch flirtete Bob wie verrückt mit uns. Wir fanden ihn einfach nur total niedlich.

»So, Schloss ausgewechselt. Hier sind die neuen Schlüssel.«

Er drückte sie mir in die Hand.

»Danke, Bob. Dass es so kurzfristig geklappt hat.«

Er wedelte meinen Dank imaginär weg.

»Quatsch, für dich hab ich immer Zeit. So, ich muss weiter. Mrs. Quickeby aus 3 A braucht auch noch meine Hilfe«, verabschiedete er sich und ging hinaus.

»Also wirst du jetzt wieder hier wohnen?«

Sid versuchte, gelassen zu klingen, was sie nicht schaffte.

Ich setzte mich ihr gegenüber.

»Es war toll bei dir, aber das hier ist mein Zuhause. Das verstehst du doch sicher?«

Missmutig sah sie mich an, nickte dann aber. Sie hatte so viel für mich getan und ich war ihr dankbar. Aber irgendwie sollte ich langsam mein Leben selbst wieder in den Griff bekommen.

»Morgen werde ich wieder arbeiten gehen«, verkündete ich.

Sid reagierte wie erwartet: Sie erschrak.

»Morgen schon? Bist du dir sicher?«

Ich zuckte mit den Schultern, stand wieder auf und holte meine Tasche. Ich legte sie auf den Esstisch und packte meine Klamotten aus.

»Ich könnte auch noch ein paar Wochen frei machen, aber wozu? Ich brauche das Geld und es lenkt mich ab.«

Ich konnte sie verstehen. Ich war ein Wrack, als sie mich mitnahm und bei ihr unterbrachte. Und nicht mal eine Woche später wollte ich wieder zurück in die Schule und unterrichten.

»Okay, aber lass es langsam angehen.«

Sie sah mich mitfühlend an.

»Sicher.«

»Gut. Und wenn du keinen Bock mehr hast, kleine Nervensägen zu unterrichten, dann kriegst du bei mir einen Job.«

»Und als was bitte?«

Ich musste lachen. Sie war verrückt.

»Du könntest fotografieren. Ich stell dich als freie Fotografin ein. Vielleicht sogar Promifotos, die Reichen und Schönen ... das wäre doch cool, oder?«

Sie redete sich in den Wahn. Wie so oft.

»Mach mal langsam, Sid. Ich liebe meinen Job. Das hat sich nach Michael nicht geändert.«

»Na hoffentlich taucht er nicht in der Schule auf. Das wäre ... schwierig.«

»Ach was. Er hat doch auch den Wohnungsschlüssel in den Briefkasten geworfen. Er hätte genauso gut hier warten können, oder nicht?«

Ich kramte weiter meine Klamotten aus der Tasche.

»Du hast doch gesagt, Julian hätte mit ihm geredet. Wer weiß, was er da von sich gegeben hat?«

Ich wäre zu gerne dabei gewesen, zumindest hätte ich gerne gelauscht. Julians Methoden, um Exmänner loszuwerden, machten mich neugierig. Nach dem Anruf gestern Abend hatte Michael sich nicht mehr gemeldet. Das war ein neuer Rekord, denn eigentlich hätte ich um diese Uhrzeit schon mindestens zehn Anrufe von ihm auf meinem Handy gehabt. Ich wollte meine Freude darüber aber nicht zu laut aussprechen.

»Na gut, ich muss wieder ins Büro. Am Wochenende machen wir aber was miteinander, du hast es versprochen.«

Sie stand auf und strich ihren Rock glatt.

»Ich hab dir nichts versprochen.«

»Okay, dann hab ich halt gesagt, am Wochenende geht's raus. Feiern.«

»Das heißt jetzt was für mich?«, fragte ich sie zögerlich.

»Dass du keine Wahl hast, meine Liebe.« Sie grinste. »Ich ruf dich die Tage deswegen noch mal an. Und wenn Michael auftaucht, weißt du, was du zu tun hast?«

Sie wartete auf meine Antwort. Seufzend antwortete ich ihr:

»Schreien, weglaufen, Bullen rufen.«

»Perfekt.«

Als sie die Tür hinter sich schloss, war es totenstill hier drin. Ich sah mir mein Wohnzimmer noch mal an. Alles wie vorher, aber irgendwie ... Hier war so viel passiert.

Ich starrte auf die Wand, zu der Michael mich getrieben hatte. Ich blickte zur Kommode, auf der nicht nur die Bilder von uns standen, sondern bis vor Kurzem auch noch meine Lieblingslampe, die zerbrach, als Michael ausgerastet war. Mein Blickfang war die Farbe an der Wand. Wann hatte ich das letzte Mal renoviert? Könnte ja mal wieder was Neues her ...

2

JULIAN

Den ganzen Tag hing ich hier schon wieder im Büro herum. Dieser Tag zog und zog sich und es war erst Montag. Ich stand von meinem Schreibtisch auf, sah hinaus und auf die Stadt hinab. Heute war ein sonniger Tag.

Plötzlich hörte ich eine laute Stimme von draußen, wenige Sekunden später öffnete sich auch schon meine Bürotür.

»Es ist mir egal, ich werde jetzt mit ihm sprechen!«, fauchte sie und meine Sekretärin Andrea folgte ihr.

»Es tut mir leid, Mr. Croft.«

»Ist schon okay, Andrea. Ich kümmere mich darum.«

Andrea nickt entschuldigend und ließ uns allein. Ich konnte ihr keinen Vorwurf machen. Jules war, wie sie war: unverschämt.

»Jules, was kann ich für dich tun?«

Ich steckte gelassen meine Hände in die Hosentaschen und blickte sie an. Sie war noch immer so attraktiv wie früher. Und doch konnte man sehen, dass sie älter wurde. Sie schien wütend zu sein. Ich hatte damit gerechnet.

»Du hast Michael aufgesucht?«

Sie kam schnell zum Punkt.

»Wen meinst du?«, fragte ich gespielt unwissend.

»Jetzt tu doch nicht so dumm, Julian. Michael hat mir alles erzählt.«

»Entschuldige bitte. Ich weiß immer noch nicht, wen du meinst?«

Ich setzte mich wieder an meinem Schreibtisch, stützte die Hände auf den Tisch und sah sie abwartend an. Sie stemmte ihre Hände in die Hüften. Gertenschlank wie immer, nur nicht mehr ganz so anziehend für mich.

»Michael Pike, sagt dir der Name etwas?«

Ich schaute nachdenklich nach oben.

»Nach über einem Jahr rennst du hier ungefragt und ohne Termin in mein Büro und machst mir eine Szene. Ich denke, deine Unhöflichkeit hat jetzt ein Ende.«

»Oh, spielst du jetzt den Unschuldigen oder was? Du hast ihm die Wohnung abgenommen. Mit unfairen Mitteln, mein Lieber!«

»Was wird das jetzt hier? Ergreifst du Partei für Mr. Pike? Ich glaube, in Anbetracht seines gesellschaftlichen Standes hat er das nicht nötig, oder?«

»Das hast du doch extra gemacht. Die Frau meiner Affäre vor Gericht vertreten«, fauchte sie wütend.

»Das reicht!«

Sie zuckte zusammen, als mir endgültig der Geduldsfaden riss.

»Ich bin nun mal von Beruf her Anwalt. Wenn jemand meine Hilfe braucht und einen untreuen Ehemann loswerden will, dann bin ich da und helfe. Und wenn dieser Ehemann nun mal auch meine Ex vögelt, Gott, dann ist das halt so.«

Ich setzte mein mechanisches Lächeln auf. Wäre sie eine Comicfigur gewesen, würde ihr jetzt sicher Rauch aus den Ohren qualmen, so wütend war sie. Aber es war mir egal. Es war ja genauso gedacht.

»Du tust das doch alles aus Rache an mir!«

»Oh bitte, Jules. Das hatten wir schon alles.«

Sie kam zum Schreibtisch und stützte sich mit den Händen darauf.

»Was würde wohl Mrs. Pike davon halten, wenn sie wüsste, dass du sie nur benutzt?«

Meine Kiefer spannten sich an. Es war nicht das erste Mal heute, dass ich an Lexie dachte, und jetzt machte Jules sie wieder zum Thema.

»Sie hat damit nichts zu tun!«

Ich klang zu wütend und wurde zu laut.

Sie nickte zufrieden.

Ich gab ihr gerade den Ausraster, den ich ihr nicht geben wollte.

»Michael ist ihr Ehemann, Julian. Egal was du vorhast, du tust es auch ihr an.«

Sie versuchte, mich einzuschüchtern. Unglaublich. Ein Jahr ging sie mir aus dem Weg und jetzt tauchte sie hier auf, um Michael aus dem Dreck zu ziehen. *Von wegen, nur Affäre.*

»Ich warne dich, Julian. Wenn du Michael …«

»Du willst mir drohen?«

Meine Stimme klang autoritär genug, um sie wieder zu verunsichern. Sie war tough, aber für mich nicht tough genug.

»Überlege dir, wer vor dir steht, Jules!«

Sie zog ihre Arme vom Schreibtisch, strich sich durch die langen blonden Haare und versuchte, die Fassung zu bewahren.

»Vergiss bitte nicht, die Tür hinter dir zu schließen, wenn du gehst.«

Ich öffnete meinen Laptop und konzentrierte mich wieder auf andere Dinge.

»Du hast dich nicht einen Funken geändert, Julian. Noch immer mit dem Kopf durch die Wand, egal wer leidet.«

Ich versuchte sie zu ignorieren, vergebens. Ich wollte mir aber auch nichts anmerken lassen. Mit einem lauten Knall schloss sich die Tür meines Büros.

3

LEXIE

Es war so weit. Mein erster Arbeitstag. Für mich war es wichtig, dass niemand bemerkte, wie es wirklich in mir brodelte. Ich hatte letzte Woche angerufen und mich krank gemeldet. Was ich genau hatte, sagte ich nicht. Das musste auch niemand wissen. Dazu trug ich noch mein Halstuch. Die blauen Flecke verwandelten sich langsam in grüne und dann wären sie bald endlich verschwunden.

»Lexie«, rief mich Amanda, als ich in die Schule kam.

Die Kinder liefen schon wie wild durch die Gänge. Es war laut, aber genau dieses Geschrei war für meine Ohren ein Genuss. Es gab mir irgendwie die Sicherheit und Geborgenheit von etwas Altem, was ich einfach brauchte.

»Hey.« Sie umarmte mich überschwänglich. »Geht es dir wieder besser? Ich hab mir totale Sorgen gemacht.«

Ihre langen rotblonden Haare fielen ihr über die Schultern. Sie war herzensgut und doch war ich mir noch nicht sicher, was ich von ihr halten sollte. Irgendwas war an ihr, was ich nicht ganz einordnen konnte. Obwohl, ich konnte Menschen ja eh schlecht einschätzen.

»Ja, danke. Ich hatte die Grippe, jetzt geht's aber wieder.«

»Gott sei Dank. Ich dachte mir ja, dass da vielleicht noch was anderes wäre, immerhin bist du schon drei Jahre hier und noch nie krank gewesen.«

Sie betonte den letzten Satz extra so merkwürdig. Sie dachte sich schon, dass ich das als Vorwand nahm, um nicht mit der Wahrheit herausrücken zu müssen. Dennoch setze ich ein übertriebenes Lächeln auf.

»Jeden trifft es irgendwann mal. So, ich muss in meine Klasse.«

Dann ließ ich sie im Flur stehen.

Die ersten zwei Stunden waren schnell verflogen, wie sie es immer taten, wenn ich Geschichte unterrichten konnte. Als ich ins Lehrerzimmer kam, begrüßten mich einige flüchtig. Ich ging zur Kaffeemaschine und goss mir seufzend eine Tasse ein. Gleich hatte ich in der vierten Klasse Englisch und wusste, es würde jetzt wieder stressig werden. Es gab in dieser Klasse einige Rabauken. Unterricht war wirklich schwer möglich.

»Na du, wieder unter den Lebenden?«

Sean lehnte sich an die Küchenzeile und lächelte freundlich.

»Hey, so kann man das sagen.«

Der Blick seiner blauen Augen lag intensiv auf mir. Er war gut aussehend mit seinen hellblonden kurzen Haaren und seiner stattlichen Körpergröße.

Wann flirtete der Typ eigentlich mal nicht? Seit drei Jahren ging das so und dennoch fühlte ich mich nie bedrängt. Wir waren irgendwie gute Arbeitskollegen geworden. Ich glaubte, es war einfach seine Art. Er wusste, er hatte einen gewissen Charme. Das nutzte er halt aus.

»Und, wie war dein Wochenende?«, fragte ich ihn, während ich ihm stumm eine Tasse Kaffee zuschob.

»Ach, ich hab die ganze Zeit auf einen Anruf von dir gewartet«, seufzte er theatralisch und trank einen Schluck von seinem Kaffee.

Ich schüttelte seufzend den Kopf.

»Du bist ein Idiot.«

»Jetzt mal im Ernst.«

Plötzlich schob er sich noch näher an mich heran, sodass sein Gesicht nur wenige Millimeter von meinem entfernt war. *Was wird das denn?*

»Du trägst keinen Ehering mehr. Wenn du mal Lust hast auf einen Kaffee außerhalb des Schulgebäudes …«

Er packte sich den Zucker und tat so, als würde er den jetzt brauchen. Er trank seinen Kaffee aber ohne alles, das wusste ich. Dann entfernte er sich wieder etwas von mir. Ich sah auf meine Hand, die vor Kurzem noch mein Ehering schmückte. Klar, dass Fragen kommen würden. Daran hatte ich nicht einmal gedacht.

»So, ich muss wieder los. Die nächste Bande mit meiner Anwesenheit beglücken«, tönte Sean übertrieben und ich lachte daraufhin.

Während der vierten und fünften Unterrichtsstunde rief Sid an. Sie wollte mich heute unbedingt noch treffen. Sie gab mir die Adresse durch und würde mich dann dort erwarten. Ich fragte mich zwar, was das alles sollte, immerhin hätte sie auch zu mir kommen können, aber ich ließ mich darauf ein.

Mit dem Taxi fuhr ich nach Unterrichtsschluss zu der Adresse. Als ich den viel zu grimmigen Taxifahrer bezahlte, sah ich einen Schönheitssalon. Das war die Adresse?

Seufzend ging ich hinein und wurde sofort vom Design erschlagen. Überall viel zu grelle Farben, aber so etwas sollte ja heutzutage *in* sein.

»Kann ich Ihnen helfen?«

Eine etwas ältere Dame schaute mich fragend an. Doch bevor ich etwas erwidern konnte, rief mich Sid schon aus dem hinteren Teil des Ladens zu sich. Die Dame nickte mir zu und ich folgte der Stimme. Tatsächlich befand sich hier hinten ein ganz anderer Raum als noch vorne. Alles war schlicht gehalten, weiß, Kerzen fanden als Deko ihren Platz, leise Musik spielte im Hintergrund. Und Sid saß inmitten des Raumes. Sie hatte ein Handtuch um ihre Haare geschlungen und ließ sich von einer Angestellten die Fingernägel maniküren.

»Na endlich. Ich dachte, du kommst nicht mehr«, meckerte Sid schon fast.

»Ich bin ja jetzt hier. Sagst du mir auch, wieso?«

»Setz dich und lass dich verwöhnen«, antwortete sie lächelnd.

»Sid, ich hab den ganzen Tag gearbeitet, ich wollte nach Hause und was essen, ein Bad nehmen und …«

»Und dich selbst bemitleiden«, sprach sie mir dazwischen.

»Quatsch.«

»Ach, hör auf. Ich kenne dich. Und das ist ab sofort vorbei. Es wird Zeit für Veränderungen.«

»Veränderungen?«

Ich verstand nur Bahnhof.

»Willst du ewig der Zeit mit Michael hinterhertrauern? Wir wollen am Wochenende raus und ich will auf keinen Fall, dass du allein nach Hause gehst.«

Sie sagte das alles so emotionslos. Ich hatte doch gerade erst meine Ehe beendet.

»Erstens: *Du* willst am Wochenende feiern gehen, ich wurde nicht einmal danach gefragt. Zweitens: Ich bin sehr wohl bereit für Veränderungen.«

»Ach wirklich?«, fragte sie fast schon verächtlich.

»Ja. Ich hab das Wohnzimmer gestern gestrichen.«

Und ich hatte nicht mal einen halben Tag dafür gebraucht.

»Gestrichen? Das Wohnzimmer?«

Ich nickte zustimmend, obwohl sie sich gerade lustig über mich machte.

»Und das soll mir jetzt was sagen?«

Ich verschränkte meine Arme vor der Brust. Wollte ich mich damit selbst beschützen oder war ich einfach unsicher?

»Können Sie uns bitte mal eben allein lassen?«, fragte Sid die Angestellte, die ihre Fingernägel verschönerte.

Diese nickte und verließ den Raum. Dann wandte sich Sid mir wieder zu.

»Lexie ... wie lange sind wir jetzt befreundet?«

»Jahre«, antwortete ich leicht gereizt.

»Genau. Und weißt du, wann ich dich mal wirklich ungezwungen und glücklich gesehen habe?«

Ungezwungen und glücklich? Ich antwortete nicht, weil ich nicht wusste, was ich sagen sollte. Das war ihr wohl Antwort genug.

»Ganz genau. Und das soll sich jetzt ändern. So unschön das mit Michael auch lief, aber ein Gutes hat es: Du kannst endlich das Leben führen, das du willst. Und na ja, wenn ich dich zu deinem Spaß zwingen muss, dann ist das halt so.«

Also kam wieder die autoritäre Sid heraus.

»Also ich denke, bei dir ist das Gesamtpaket fällig. Mit allem drum und dran ...«, ließ Sid das Thema fallen.

Sage und schreibe drei Stunden waren wir noch in diesem Salon. Ich lernte wirklich nette Leute kennen, mit denen man tollen Small Talk halten konnte. Sie schnitten mir die Haare, kürzer als zuvor. Sid schlug einen etwas längeren Bob vor, der nach hinten kürzer wurde, und am Ende sah ich wirklich super aus. Das Make-up ließ mich verdammt verrucht aussehen. Sid meinte, dass ich mir merken sollte, wie Dora, die Visagistin des Ladens, das genau gemacht hatte. Damit ich das fürs Wochenende wusste. Sid bezahlte alles, ich wollte nicht wissen, wie teuer es war. Ich bestand zwar darauf, selbst für mich zu sorgen, aber nein, Sid war auch da sehr, sehr energisch.

»Wenn ich nicht noch Arbeit zu Hause hätte, wäre ich heute schon mit dir in irgendeine Bar gegangen«, sagte sie viel zu euphorisch für meinen Geschmack, als wir aus dem Laden gingen.

»Ich brauche keinen Mann«, gab ich von mir, denn das war der einzige Grund, wieso sie mit mir rauswollte.

Witzig war es ja, aber auch gruselig. So schnell, wie sie mich wieder an einen Typen binden wollte.

»Wir teilen uns aber ein Taxi, oder?«, fragte Sid und ging zur Straße, um eines zu rufen.

Doch jemand, der auf der anderen Straßenseite stand, riss mich aus dem Gespräch mit Sid. Sie bemerkte meinen erschrockenen Blick.

»Lexie?«

»Michael«, konnte ich nur noch flüstern, zu sehr beherrschte mich schon wieder die Panik.

Ich hatte ihn nicht mehr gesehen, seit er mich fast umgebracht hatte. Meine Atmung ging sofort schneller, ich konnte es nicht kontrollieren. Er sah mich an, sein Blick war ausdruckslos. Und doch machte er mir Angst.

»Dem werd ich's zeigen«, kam von Sid, die schnell ihr Handy zückte.

Meine Hände fingen an zu kribbeln. Ich bekam Gänsehaut, obwohl es warm draußen war. Er ging ein paar Schritte vorwärts und hielt dann inne, da mehrere Autos vorbeifuhren. *Oh Gott, er will hierher.*

Meine Hand fuhr zu meinem Hals. Das Tuch war immer noch da, es fühlte sich an, als würde ich ersticken. Wie in jener Nacht.

»Ich muss hier weg«, stieß ich völlig panisch hervor und lief davon.

Auch Sids Rufe hielten mich nicht davon ab. Mit ihm zu telefonieren, war etwas völlig anderes, als ihn zu sehen. Er muss mir aufgelauert haben, etwas anderes kam nicht infrage.

Ich lief und lief, drängte mich vorbei an den vielen Menschen auf dem Bürgersteig. Ich wollte einfach so schnell wie möglich weg hier. Mir fiel nicht mal mehr auf, wo ich mich befand, bis meine Schritte immer langsamer wurden. Ich bekam Seitenstiche, meine Lunge brannte. Ich war gerannt und gerannt, um mein Leben. Jetzt bemerkte ich auch die vielen Anzugträger in meiner Umgebung. Da berührte eine Hand meine Schulter und ich schrie, schrie vor Angst und Panik.

»Miss Johnson?«

Mein alter Nachname? Das war nicht Michael. Ich drehte mich um und sah in grüne Augen. Mein attraktiver Anwalt starrte mich fragend an.

»Sie sind es«, flüsterte ich schon fast.

Ich war einfach zu angespannt gewesen.

»Ist alles in Ordnung?«

Mein Mund öffnete sich, doch er schloss sich auch sofort wieder.

Julian Croft betrachtete mich von oben bis unten. Checkte er mich ab? Dann schüttelte er den Kopf. »Was ist passiert?«

Er war nicht mehr unsicher in seiner Fragerei, er wirkte schon etwas bedrohlich. Ich versuchte mich zu sammeln, die Worte zu finden, aber ich hatte keine. Michaels Anblick vor dem Salon hatte mich total durcheinandergebracht. Erinnerungen hochgeholt, die ich nicht mehr haben wollte. Die ich in eine Schublade ganz weit hinten in meinem Kopf gesteckt hatte und nie wieder herausholen wollte. Aber wem machte ich hier was vor? Ich war weggerannt, als ich ihn gesehen hatte, war einen Block nach dem anderen gerannt, aus Angst. Ich hatte Angst, er würde wieder versuchen, mir mein Leben zu nehmen.

»Michael …«

Ein einziges Wort bekam ich heraus und es war für Julian Croft genug. Er hatte keinen Ausdruck mehr in seinem schönen Gesicht, nickte nur, strich mir beruhigend über meine Oberarme und nickte wieder. Wieso wurde mir plötzlich so warm?

»Kommen Sie, ich bringe Sie nach Hause.«

Er zeigte auf einen Wagen, der zu ihm gehören musste. Ohne zu zögern, öffnete er die Tür und ich stieg ein. Er war mein Anwalt, ich musste ihm nichts erklären. Er folgte mir und erst jetzt verstand ich, dass er einen Fahrer hatte. Klar, wer steuerte denn sonst einen dicken Mercedes SUV?

»Zu Miss Johnsons Apartment, Henry«, sprach Julian seinen Fahrer an. Dann zog sich eine Wand zwischen Fahrerseite und dem hinteren Bereich zu.

»Was genau ist passiert?«

Jetzt klang er wieder ruhiger.

»Er ist vor dem Salon aufgetaucht, in dem ich mit Sid war. Wieso tut er das?«

Jetzt war ich diejenige, die außer sich war. Plötzlich spürte ich seine Hand auf meiner und sah zu ihm hoch. Seine Lippen waren zu einer schmalen Linie zusammengepresst.

»Beruhigen Sie sich.«

Er sprach es leise aus, flüsterte schon fast.

»Diese Begegnung hat nur eines gezeigt: dass Sie nicht mehr in seiner Nähe sein sollten. Nach den Geschehnissen ... ist das auch nicht verwerflich. Er hat Ihnen aber nichts weiter getan?«

Ich schüttelte hastig den Kopf. Spürte er das auch? Die Haut, die er mit seiner Hand berührte, kribbelte, als würde es brennen. Seine Hände waren groß, sanft und sein Blick ruhte auf mir. Er sprach mit mir, weil er mein Anwalt war. Aber ich sah ihn an und blickte nur in die scharfen grünen Augen, in denen ich auch etwas Graues erkannte. Wie konnte ich das übersehen? Er hatte wunderschöne grüngraue Augen. Seit unserer letzten Begegnung konnte er sich nicht mehr rasiert haben, aber es sah gut aus. Weder ungepflegt noch hässlich. Ihn konnte wohl nichts entstellen.

Er ließ meine Hand los, räusperte sich und starrte geradeaus. »Ich werde für Sie eine einstweilige Verfügung beantragen.«

Er war mein Anwalt. *Mann, Lexie. Wieso hast du ihn so angestarrt?*

»Muss ich da angeben, wieso?«

Er wusste, worauf ich hinauswollte. Ich wollte nicht, dass jemand wusste, was Michael mir angetan hatte.

»Ich kläre das schon.«

Kurz und knapp. Okay, ihm war also nichts aufgefallen, kein Kribbeln. War ich so durcheinander wegen Michael und meines plötzlichen Single-Daseins, dass ich jetzt nicht mal mehr vor meinem Anwalt haltmachen konnte? Er war attraktiv, keine Frage, aber so über ihn zu denken? Wie bekloppt war ich eigentlich?

»Wollen Sie überhaupt nach Hause?«, stellte er mir plötzlich die Frage.

»Wie bitte?«

»Ich habe Sie gar nicht gefragt, ob Sie nach Hause wollen. Fühlen Sie sich dort sicher?«

Jetzt sah er mich wieder an und irgendwas veränderte sich in seinem Blick. Aber was? Das konnte ich mir nicht erklären.

»Ich fühl mich dort sicher. Danke.«

Er nickte und schien mit den Gedanken wieder woanders zu sein. Er war wirklich schwer zu lesen.

»Sie haben die Scheidung schon eingereicht?«

Ich wollte dafür sorgen, dass er nicht mehr so angestrengt dasaß. Er nickte nur. Operation offensichtlich fehlgeschlagen.

»Oder wollen Sie sich nicht mehr scheiden lassen?«, kam jetzt von ihm. Ich schnaubte.

»Reicht die Antwort?«

Ich sah zu ihm rüber und er nickte wieder. Diesmal aber konnte ich ein Grinsen sehen, kurz, aber es war da. Fand er meine Antwort jetzt lustig oder die Tatsache, dass ich mich immer noch scheiden lassen wollte? Was dachte ich da eigentlich für einen Stuss? Er war mein Anwalt. Nur mein Anwalt.

»Sie haben die Haare anders«, stellte er fest.

»Ja, Sid meinte, eine Veränderung täte mir gut.«

»Tut es«, antwortete er kurz und knapp, sah mich aber nicht an. War das ein Kompliment?

»Woher kennen Sie Sid eigentlich?«

Ich war neugierig, ja. Aber wieso auch nicht? Der Verkehr draußen war die Hölle um diese Uhrzeit. Es würde eh dauern, bis wir bei mir waren.

»Wir haben gemeinsame Freunde.«

Er hatte Freunde? Ich meinte, er schien mit seiner Arbeit verheiratet zu sein. Arbeitete selbst am Wochenende, tauchte bei mir sonntagabends auf ...

»Was?«, fragte er mich, als er bemerkte, wie ich ihn anstarrte.

»Nichts, ich hab mich nur gefragt ...« Ich spielte mit meinen Fingern. Meine Güte, er war doch auch nur ein Mensch. »Mich wundert es, dass Sie so viel arbeiten und doch die Zeit haben, Freunde zu treffen.«

Seine Miene wurde sofort lockerer.

»Auch ich habe mal frei, Lexie.«

Jetzt nannte er mich also wieder beim Vornamen. Wann wurde das denn entschieden?

»Und Zeit für eine Freundin?«

Oh Gott, wieso hatte ich das jetzt gefragt? Ich könnte mich ohrfeigen.

»So neugierig?«

Er lächelte verstohlen und ich wäre gerne im Boden versunken.

»Immerhin wissen Sie, dass ich getrennt lebe.«

»Ich bin ja auch Ihr Anwalt.«

Wieder so eine schroffe Antwort. Ich hatte's ja kapiert. Der Mann wollte mir nichts erzählen.

»Wieso haben Sie Michael eigentlich geheiratet?«

»Wie bitte?«

Jetzt wurde es aber langsam zu persönlich.

»Wenn man Sie beide so ansieht, weiß man sofort, dass er Sie nicht eine Sekunde lang verdient hatte. Wieso haben Sie ihn also geheiratet?«

Er hatte mich nicht verdient? Michael war vielleicht die letzten Wochen ein Arschloch gewesen, aber war es für ihn so offensichtlich, dass meine Ehe zum Scheitern verurteilt war?

»Wieso heiratet man? Aus Liebe natürlich«, fauchte ich schon fast.

Musste ich ihm jetzt wirklich erklären, wieso ich geheiratet hatte?

»Und die Liebe hat Sie zu mir geführt. Ein verdammt naives Denken, wenn man das jetzt so sieht, oder nicht?«

Er klang alles andere als liebevoll, es war der pure Spott, der aus ihm sprach. Er machte sich lustig über mich und die Entscheidung, Michael damals geheiratet zu haben. Aber durfte er das überhaupt? Sollte er nicht professionell sein? Er war doch nicht umsonst einer der Besten in seinem Fach.

»Lieber heirate ich und spüre so etwas wie Liebe, als für immer allein zu sein und so einen verdammten Stock im Arsch zu haben wie du.«

Und da war das Gespräch für mich beendet, genau wie diese bescheuerte Autofahrt.

Ich wusste genau, wo ich war, konnte es die ganze Zeit durchs Fenster sehen. Also hielt mich hier drinnen nichts mehr.

Ich riss die Autotür auf und stieg aus. Wir standen gerade an einer roten Ampel, so konnte ich sofort zwischen den vielen Autos hindurchlaufen. Ich hörte immer wieder Julians Stimme, die meinen Namen rief.

Mir war das egal. Der Typ hatte sie ja nicht alle. Er war mein Anwalt. Mein verdammter Anwalt, der die Schnauze zu halten hatte, wenn ich das sagte. Immerhin bezahlte ich, okay, Sid bezahlte ihn. Das war ja auch egal. Er musste für sein Geld einfach die Klappe halten und seinen Job machen. Mich scheiden lassen, am besten, so schnell es ging. Damit ich nicht nur Michael loswürde, sondern auch ihn. Er brachte mich durcheinander und das wollte ich nicht. Jetzt sagte er sogar noch gemeine Dinge, die mich auf die Palme brachten. Ich reagierte viel zu emotional auf ihn. Das durfte nicht sein, denn offensichtlich bildete ich mir diese Funken, wenn ich ihn sah, nur ein. Alles war einseitig. Verdammt, er war mein Anwalt. Nur mein Anwalt.

So vergingen die Tage. Ich hörte nichts mehr von Michael. Er tauchte nirgends mehr auf. Sid rief jeden Tag mehrmals an, versicherte sich, dass es mir auch gut ging, und kam dann auch mehrmals in der Woche vorbei. Nach der Begegnung mit Michael besorgte ich mir noch ein dickeres Türschloss.

Es ertönte gerade die Schulglocke und die Kinder liefen aus dem Klassenzimmer in die Pause, als mein Handy vibrierte. Als ich es gepackt hatte, sah ich, dass ich eine E-Mail bekommen hatte:

An: Alexandra.Pike@mail.com
Von: KanzleiCroft@mailaccount.com

Sehr geehrte Miss Johnson,

Mr. Croft bittet Sie, heute Nachmittag um 15 Uhr in die Kanzlei zu kommen. Es sind noch einige Fragen bezüglich Unterhaltsforderungen gegen Ihren Noch-Ehemann aufgekommen. Wir bitten Sie darum, den Termin wahrzunehmen.

Mit freundlichen Grüßen
i. A. Baker
Anwaltskanzlei Croft

Was für Unterhaltsforderungen? Ich hatte ihm gesagt, dass ich kein Geld von Michael wollte. Und was hieß hier, der Termin sollte wahrgenommen werden? Wer war ich denn? So kurzfristig einen Termin zu machen, war bekloppt. Ich war nun mal berufstätig. Okay, so lange musste ich heute nicht arbeiten. Aber was wäre, wenn es so gewesen wäre?

Wegen so einer blöden Frage würde ich mich sicherlich nicht noch mal in die Nähe von Julian Croft begeben. Er war ein Arsch. Urteilte über meine Ehe, weil er selbst zu verbittert war. Ganz klar.

Ich drückte zwei Tasten und hatte dann die Kanzlei am Apparat.

»Anwaltskanzlei für Familienrecht Croft. Baker am Apparat, was kann ich für Sie tun?«

Ach, da hatten wir ja direkt die Dame am Telefon.

»Guten Tag, Sie haben mir gerade eine Mail geschrieben. Ich wollte nur absagen.«

Ich war so wütend, dass ich weder meinen Namen nannte noch freundlich klang. Stille am anderen Ende der Leitung.

»Ich bin ...«

»Miss Pike, richtig?«

Woher wusste sie das denn jetzt? Und wieso nannte sie mich jetzt wieder mit diesem Namen? Könnten die sich da mal einigen?

»Ja, richtig.«

Jetzt war ich diejenige, die unsicher wurde. Was lief denn da?

»Sie können den Termin also nicht wahrnehmen. Dürfte ich den Grund dafür erfahren?«

»Ich habe zu tun. Ist doch egal, was ich vorhabe. Und wenn Ihr Boss damit ein Problem hat, sollte er seine Arbeit besser erledigen. Ich hatte ihm bereits gesagt, dass ich keinen Unterhalt will. Also *ist* der Termin völlig überflüssig.«

Wieder kurz Stille.

»Vielleicht sollten Sie ihm das selbst sagen. Ich stelle durch.«

»Nein!«

Doch sie hörte mich nicht mehr und hatte mich bereits verbunden. Leise Musik dröhnte in mein Handy.

Oh Mann, das durfte doch nicht wahr sein. Jetzt sollte ich mit Julian reden? Wieso? Es war doch nur ein blöder Termin. Ich wollte auflegen, mich nicht mit ihm auseinandersetzen, doch da kam schon seine beherrschte Stimme durch die Leitung.

»Croft.«

Ich biss mir auf die Lippen.

»Hier ist Alexandra Pike.«

Ich klang resigniert, fast schon, als würde ich zugeben, verloren zu haben. Ja, ich glaubte, das hatte ich auch. Weil er gewonnen hatte.

»Sie wollen also den Termin absagen, Lexie.«

Ach, jetzt waren wir wieder beim Vornamen? Gut, was er konnte, konnte ich schon lange.

»Der Termin ist unnötig und das weißt du auch, Julian.«

Mein Herz klopfte gegen meinen Brustkorb. So nervös war ich, weil ich ihn geduzt und seinen Vornamen noch extra betont hatte. Was war denn los mit mir?

»Und wieso?«

Er klang nicht mal wütend.

»Ich will keinen Unterhalt von Michael. Ich will einfach nur die Scheidung. Und das hatte ich dir gesagt.«

Jetzt lief ich durchs Klassenzimmer und hob immer wieder mal Zettel und Kram auf, den die Kinder immer wieder unbedacht auf den Boden fallen ließen.

Ich hörte einen leichten Seufzer.

»Dennoch solltest du herkommen. Ich hab einige Dinge mit dir zu besprechen. Michael hat sich einen Anwalt besorgt und möchte ein paar Sachgegenstände aufteilen.«

Ich blieb geschockt stehen. Michael hatte also auch einen Anwalt eingeschaltet. Ich seufzte erleichtert auf. Er hatte es begriffen und wollte die Scheidung auch.

»Wann kannst du hier sein?«

Oh Gott, ich sollte zu ihm? Jetzt?

»Ich hab heute viel zu tun. Ich schaff es unmöglich.«

»Lexie, wenn es wegen dem ist, was ich im Auto gesagt habe …«

»Das hat damit gar nichts zu tun, klar?«

Ich brüllte fast. *Klar, so glaubt er dir, dass du überhaupt nicht emotional getroffen bist. Wem willst du das denn verkaufen?*

»Okay, soll ich zu dir kommen?«

Was? Mir fiel meine Tasche vom Pult, so erschrocken war ich.

»Scheiße«, rief ich wütend und kniete mich auf den Boden.

»Ist das ein Nein?«, fragte Croft mich.

Er klang leicht verwirrt.

»Nein, meine Tasche ist mir hingefallen. Ach was, ich meine, ich habe die ganze Woche keine Zeit.«

Es war eine Lüge, aber ich wollte momentan nicht mit ihm zusammen sein. Es hatte mich verletzt, was er gesagt hatte, und ja, noch Tage danach dachte ich darüber nach, wieso es mir so zusetzte. Er war doch nur mein Anwalt. *So langsam kann ich es selbst nicht mehr hören!*

Aber jetzt diese Lügerei, nur um nicht mit ihm in einem Zimmer zu sitzen, zeigte mir, dass ich da vielleicht noch mehr Probleme hatte, die ich mir nicht eingestehen wollte.

»Lexie …«

Er zog meinen Namen länger, als er eigentlich müsste.

»Ich wollte dich nicht beleidigen, ich ...«

»Ich muss auflegen. Die Arbeit ruft.«

Und damit hatte ich das Gespräch beendet.

Mir reichte es echt. Ich hatte die letzten Wochen genug Mist durch. Da musste mir mein Anwalt, der sich eh für was Besseres hielt, nicht noch eine Predigt halten, wieso er das alles zu mir gesagt hatte. Natürlich war Michael der Falsche für mich. Aber ich war doch wohl jung genug, um darüber hinwegzukommen. Oder? Das war ich doch. *Nein, du bist 28 Jahre alt und wirst als alte Jungfer sterben!*

Zwei Stunden später hatte ich endlich Feierabend. Sean winkte mir noch zu, als er zu seinem Wagen auf dem Lehrerparkplatz ging.

»Soll ich dich mitnehmen?«, rief er mir nach, doch ich schüttelte dankend den Kopf, als ich meine Tasche über meine Schulter legte.

»Nein, danke. Es ist so schönes Wetter, ich gehe zu Fuß.«

»Okay. Bis Montag!«

Ich winkte noch mal, als er an mir vorbeifuhr.

Ich lief den Bürgersteig ein Stück entlang, als ich langsamer wurde. Ein *SUV*, oh nein, *Mercedes.* Ich sah mich Hilfe suchend um. Wo sollte ich hin? Doch da stieg er auch schon aus dem Auto aus. Groß. Männlich. Attraktiv. Wie immer. Julian Croft lief mit großen und festen Schritten auf mich zu. Und ich stand hier, eingeschüchtert und nicht imstande, mich nur einen Millimeter zu bewegen. Was hatte dieser Mann nur für eine Wirkung auf mein zentrales Nervensystem?

Er kam so nah bei mir zum Stehen, dass ich seine grünen Augen genauestens betrachten konnte.

»Was willst du denn hier?«

Ich klang geschockt, obwohl ich das nicht wollte.

»Du hast aufgelegt.«

Musste ich das kapieren?

»Und dann fährst du quer durch die Stadt, um mich hier abzufangen?«

Ich klang entsetzt und bei Gott, das war doch verrückt. Ich war doch nur eine seiner vielen Klientinnen. Er legte seine Hände hinter den Rücken und atmete tief ein.

»Ich mag es nicht, wenn man einfach auflegt, ohne dass eine Sache geklärt wurde.«

Jetzt verschränkte ich die Arme vor meiner Brust.

»Für mich war die Sache klar geklärt. Ich habe keine Zeit heute.«

Und dann wollte ich weg, einfach weg. Sein Aftershave lag mir wieder in der Nase, und obwohl mir hier alles gegen den Strich ging, wirkte er dabei so unglaublich sexy. Das konnte mir nicht guttun. Ich verhielt mich nicht umsonst wie eine Irre, wenn er in meiner Nähe war.

Doch mein verfluchter Anwalt packte mich am Handgelenk, ohne auf meinen Widerstand zu achten. Er zog mich so fest an sich, dass ich bei dem Aufprall an seiner Brust zusammenzuckte und meine Augen zusammenkniff.

Als ich sie langsam wieder öffnete, sah ich auf die leichten Bartstoppeln auf seinem Kinn und dann in zwei funkelnden Augen. Mein Atem ging schnell. Das machte er mit mir, das wusste ich. Mein Körper reagierte auf ihn. Auf meinen Anwalt, verdammt noch mal.

Er sah wütend aus, zwar nicht so, dass ich Panik bekam, aber allein diese Nähe sorgte dafür, dass ich nicht mal Luft holen konnte.

»Ich hätte das nicht sagen sollen, über Michael oder dich. Das ist mir klar.«

Er hielt mein Handgelenk noch immer fest umschlossen.

»Aber lüg mich nicht an! Ich hasse es zu sehen, dass du mich meidest!«

Was? Und da sah ich genauer auf seinen Blick, der auf meinen Lippen lag. Konnte es sein ... konnte es sein, dass er diese Spannung auch spürte?

Er ließ mich so schnell los, wie er mich gepackt hatte. Ich war völlig verwirrt. Was war das jetzt bitte gewesen?

Julian fuhr sich durch sein tolles Haar, öffnete die Hintertür seines Wagens und sah mich an.

»Steig ein!«

Da stand ich nun. Völlig verdattert in der Birne. Gerade schlug mein Herz mir noch wie wild in meiner Brust, weil er so nah war, mich so ansah, als würde er dasselbe spüren. Und jetzt das.

»Lexie ...«

Er sprach meinen Namen drohend aus, als würde er fast die Beherrschung verlieren. Wollte mein Anwalt mich eigentlich verarschen?

»Sag mal ... hast du getrunken?«

Ich musste ihn das fragen. Seine ganze Art war doch nicht normal.

»Ein Drink wäre wirklich nicht schlecht in Anbetracht der Situation.«

Und was sollte das jetzt heißen?

Er gestikulierte mit einer Hand, dass ich einsteigen sollte.

»Nein!« Ich verschränkte meine Arme wieder vor der Brust. Trotzig.

Sein Mund öffnete sich, schloss sich aber schnell wieder.

Er hatte nicht mit meiner Reaktion gerechnet. Das sah ich. Vielleicht tat ja jeder andere, was Julian wollte, nur ich war nicht jeder. Dann schmiss er die Tür mit einem festen Schlag zu. Okay, das brachte mich jetzt zum Zweifeln. Meine Antwort war offensichtlich nicht die richtige für ihn.

»Willst du mich unbedingt reizen oder was soll das?«

Drei feste Schritte genügten und er stand wieder vor mir. Aber diesmal wirkte er bedrohlicher, heißer. Sein Blick glühte auf mir. Warum war das so heiß?

»Ich ...«

Ich musste die Sprache wiederfinden.

»Ich weiß nicht, was dein Problem ist. Ich bin in der Lage, selbst nach Hause zu fahren.«

Ich wollte sauer klingen, aber da er mich so wütend ansah, schüchterte mich das nur mehr ein, sodass ich viel zu leise sprach.

»Mein Problem ist ...« Er biss sich auf die Faust. Okay, was war das jetzt?

»Okay, Julian ... ähm ... ich nehme mir am besten einen anderen Anwalt.«

Ich wusste nicht, wieso ich das jetzt gesagt hatte. Vielleicht, damit ich eine Reaktion bekam oder weil ich ihn wirklich nicht in meiner Nähe haben wollte? Er war gefährlich und das faszinierte mich.

Das Problem war nur, dass ich wusste, dass »gefährlich« nicht gut für mich war. Nicht nach meiner Ehe mit Michael.

»Du tust was?«, fragte er ungläubig.

»Ich will einfach nur die Scheidung, Julian. Kein Drama, keinen Stress. Keinen Unterhalt. Von mir aus soll er alle Sachgegenstände behalten, ich will nur meine Wohnung für mich. Wieso also willst du mir ständig diese Dinge aufschwatzen?«

Ich fragte ihn erst gar nicht, wieso er mir auflauerte. Anscheinend war das für ihn das Normalste der Welt. Da wären wir wohl wieder bei Julian Croft. Unnahbar und geheimnisvoll.

»Wieso schützt du ihn so?«

Sollte das mein Anwalt fragen? Wieso hatte ich das Gefühl, als würde er von mir erwarten, dass ich Michael bestrafte? Wieso? Ich versuchte, es in seinem Blick zu suchen, die Antwort. Aber nichts. Er sah mich einfach nur fragend an. Erwartete eine Antwort.

»Ich ...« Ich zuckte mit den Schultern. »Ich will einfach wieder leben, Julian. Und das kann ich nur, wenn ich wieder frei bin. Frei von ihm und von dieser gescheiterten Ehe. Mir bringt es gar nichts, wenn ich versuche, ihm das Leben schwer zu machen.«

Wieso sagte ich ihm das so ehrlich? Nicht mal Sid erzählte ich das, auch wenn sie mich oft gefragt hatte, wieso ich ihm nicht die Geldscheine aus der Tasche zog. Aber das war nie meine Absicht. In der Ehe war mir sein Geld egal und auch jetzt war es das.

»Das ...« Er runzelte die Stirn, als würde er mich nicht verstehen. »Das ist das Ehrlichste, was ich je gehört habe.«

Ich musste schmunzeln.

»Als Scheidungsanwalt kann ich mir das gar nicht vorstellen.«

Jetzt lächelte er auch, und wow, er hatte ein so tolles Lächeln. Leider war es viel zu selten bei ihm zu sehen. Lag das an seinem Job? Oder an seinem privaten Leben? Was musste er durchmachen? Und wieso wollte ich das überhaupt wissen?

»Es tut mir leid, wenn ich ...«

Er rang mit sich. Aber wieso?

»... zu weit gegangen bin. Ich hätte nicht so über deine Ehe reden sollen.«

Ich nickte. »Aber das war doch deine Meinung, nicht wahr?«

Stumm sah er mich an. Und ich hatte recht damit. Er dachte so über die Ehe. Als Anwalt hatte er immerhin eine Menge Sachen gesehen, wieso störte es mich aber so, dass er von der Ehe einfach nichts hielt?

»Ich möchte dich gerne nach Hause fahren, Lexie.«

»Ich laufe gerne.«

Julian schnaubte seufzend und schloss einmal kurz die Augen, nur um sie schnell wieder zu öffnen.

»Die einstweilige Verfügung ist noch nicht durch. Michael könnte hier noch auftauchen.«

Und da machte es klick. Er war hier, um mich sicher nach Hause zu bringen. Aber wieso heute? Wieso jetzt? Ich war doch tagelang allein nach Hause gegangen. Wieder öffnete er die Tür und sah mich mit Nachdruck an.

»Okay, wenn du unbedingt willst.«

Julians Grinsen steckte mich fast schon an.

Als er sich direkt neben mich setzte und die Tür hinter sich schloss, spürte ich wieder dieses Knistern ... als würde mir sämtliches Leben ausgesaugt und nur dieses Kribbeln wäre da.

»Hi Henry«, rief ich dem Fahrer spontan zu und er nickte.

»Miss Johnson.«

Oh, er benutzte meinen alten Namen?

»Henry, zu Miss Johnsons Apartment. Diesmal kommen wir wohl auch an«, erklärte Julian ihm und grinste kurz. *Sehr witzig.*

Wir fuhren los und sofort trat eine viel zu intensive Stille ein. Ich schielte immer wieder zu Julian herüber, der anscheinend aus dem Fenster sah. Er bemerkte es also wieder nicht, dieses Kribbeln ... diese Anziehung.

Nervös spielte ich mit meinen Fingern. *Die Fahrt dauert nicht lange, Lexie. Beruhige dich.* Und doch spürte ich dieses Ziehen in meinem Unterleib. Und das war auf keinen Fall normal für mich. Ich stand auf meinen Anwalt. Meinen verflucht gut aussehenden, aber total gefährlichen Anwalt.

»Ich habe zwei Regeln«, begann er, ohne von der Straße aufzublicken.

Sprach er jetzt mit mir?

»Eine davon stellt klar, dass Arbeit und Vergnügen nicht vermischt werden.«

Ich musste schlucken. Was wollte er mir damit sagen?

Als ich zu ihm sah, konnte ich sehen, wie er seelenruhig hinaussah, und doch waren seine Hände überhaupt nicht locker. Eine ballte er zur Faust, so fest, dass sie leicht rot anlief.

Ich räusperte mich nervös. Mein Mund war ganz trocken. Hatte er das jetzt gesagt, weil er die Anziehung auch spürte? Weil ich ihm nicht egal war?

Der Wagen hielt. Jetzt war mir die Fahrt doch zu kurz gewesen. Anstatt auszusteigen, sah er mich an. Grüngraue Augen … wunderschöne Augen. Das Kribbeln wurde sofort stärker, intensiver. Julian öffnete leicht seinen Mund, als wäre er erstaunt. Doch bevor ich mehr erhoffen konnte, ließ er von mir ab. Henry öffnete nämlich die Tür.

»Schönes Wochenende, Lexie.«

Mehr kam nicht von ihm und das reichte mir auch. Ich stieg schnell aus. Zu schnell. Wollte abhauen, fliehen. Ich hatte es gesehen. Er wollte mich küssen, ich konnte es sehen und fühlen. Und doch hatte er es nicht getan.

Worüber sollte ich wütender sein? Dass er mir vorschreiben wollte, was ich tun sollte, auch wenn es nur die Autofahrt gewesen war? Oder dass er die Anziehung auch spürte, aber nichts getan hatte?

Ich ging die Treppen hoch und schloss schnell die Haustür auf. Ich sah mich nicht mehr um.

Ich ließ meine Tasche auf den Boden fallen und rief Sid an.

»Lexie!«

Sie war wie immer fröhlich.

»Hey, ich komm mit.«

»Und wohin mit, bitte?«

Ich verdrehte die Augen.

»Club, feiern, trinken. Das ganze Programm.«

Ich klang zwar wenig begeistert, aber dennoch schrie Sid vor Freude ins Telefon. Ich hielt es kurz etwas weiter von meinem Ohr weg.

»Ich komm dich um elf holen und dann geht's so richtig ab!«

Als ich auflegte, überkamen mich wieder die Zweifel. Wieso hatte ich das jetzt getan? Richtig, ich wollte zeigen, dass ich niemandem nachtrauerte. Oder nachschmachtete?

Um halb zwölf kamen wir, wie Sid selbst sagte, im besten Nachtclub New Yorks an. Hätte Sid den Besitzer nicht gekannt, hätte uns der Türsteher niemals vor allen anderen reingelassen. Die Musik war laut, sie dröhnte in meinen Ohren. Wir setzten uns in eine Nische, einen VIP-Bereich gab es nicht. Alles war hier irgendwie VIP.

»Also dieses Kleid, Lexie ... heiß. Wäre ich ein Kerl ...«

Sie sprach nicht weiter. Ich glättete mein Kleid, obwohl es nicht mal zerknittert war. Es war rot, dunkelrot, nicht zu kurz und hatte Spaghettiträger. Dazu passend trug ich ein rotes Tuch um meinen Hals. Auch wenn nichts mehr zu sehen war, für mich war da noch etwas. Meine Haare hatte ich erst hochstecken wollen, merkte dann aber, dass ich noch zu kurze Haare hatte. Also hatte ich den glatten Bob in Locken verwandelt.

»Wie wäre es mit einer Wette?«

Ich sah sie stirnrunzelnd an, als unsere Drinks gebracht wurden.

»Wette?«

»Ein kleiner Wettkampf. Wer als Erstes angesprochen wird?«

Sie nippte an ihrem Martini.

»Du willst wissen, wer schärfer ist?«

Sie schüttelte den Kopf.

»Ich will wissen, ob du es noch draufhast!«

Ich schnaubte.

»Willst du mich verarschen?«

»Wenn du gewinnst, spende ich deiner Schule 10.000 Dollar.«

Meine Kinnlade verabschiedete sich nach unten.

»Bist du wahnsinnig?«

»Wieso? Du hast doch gesagt ihr habt da so einen Verein gegründet. Für Kids, die ...« Sie versuchte weiterzusprechen, hatte es aber wohl vergessen.

»Für misshandelte Kids, die nachmittags bei uns betreut werden«, beendete ich den Satz.

Sie schnipste mit den Fingern.

»Genau. Also? Wetten wir drauf?«

Sie hielt mir die Hand hin. Sid wollte wirklich 10.000 Dollar spenden? War sie verrückt? Andererseits … es war viel Geld und es ging ja nicht um viel.

»Und wenn ich verliere?«

»Dann zahlst du den ganzen Abend meine Drinks.«

Klar, was war das für ein Vergleich? Okay, der Schuppen hier war sicherlich nicht günstig und so viel wie Sid verdiente ich nicht. Aber was hatte ich zu verlieren?

»Okay.«

Ich schlug ein.

»Wunderbar.« Wieder nippte sie an ihrem Drink. »Du als Erstes.«

»Wieso ich?«

»Weil du erst mal warm werden musst, meine Liebe. Wann warst du das letzte Mal aus?«

Das wusste ich nicht mehr, also lang genug war es schon her. Sie hatte recht.

Ich kippte meinen Wodka-Redbull hinunter, während Sid zufrieden nickte.

»Alkohol hilft immer. Jetzt stell dich an die Bar und warte. Ich stoppe die Zeit.«

Ich stand auf und strich meine Haare zurück.

»10.000 Dollar!«, rief sie mir noch zu, während ich den Kopf schüttelte.

So einen Blödsinn konnte sich auch nur Sid ausdenken und ich war mit Sicherheit die Einzige, die sich darauf einließ.

Ich ging zur Bar und fragte mich wirklich, was ich hier machte … Ich war so bescheuert. Seit wann ließ ich mich auf so einen Mist ein? Genau wie meine überschwängliche Freude, als ich Sid anrief, um mit ihr feiern zu gehen. Wie sehr ich das jetzt bereute.

»10.000 Dollar. 10.000 Dollar«, murmelte ich vor mich hin.

»Was willst du?«, rief mir der Barkeeper fragend entgegen.

»Überrasch mich«, antwortete ich nur und er zwinkerte mir verführerisch zu.

Auch wenn er mindestens zwanzig Jahre älter war als ich, er hatte etwas.

Vor der Bar standen einige Leute und doch konnte ich mich dazwischenquetschen. Der Barkeeper stellte mir einen Martini hin. Ich lächelte dankend und rührte dann in meinem Drink herum. Was machte ich hier? Nur Sid konnte mich zu so einem Schwachsinn überreden. Mir war klar, wieso sie das tat. Damit ich mal wieder jemanden abschleppte. Aber war ich schon so weit? Nein. Ich war nur hier, weil Julian mit seiner Laune, seinem Verhalten und seinem Aussehen dafür gesorgt hatte, dass ich noch völlig durchdrehte. *Er hatte nur zwei Regeln.* Wirklich witzig. Als wenn ich was mit ihm anfangen würde, arroganter, blöder ...

»Hi.«

Ich drehte mich um und sah in braune, klare Augen. Er sah gut aus, groß, blond, markantes Gesicht. Er lächelte freundlich und trug einen Anzug.

»Hi.«

»Ganz allein hier?«, fragte er mich und schaute mir immer noch freundlich ins Gesicht. Wow, kein Blick auf meine Brüste oder meinen Hintern. Wobei, das hatte er bestimmt vorher schon abgecheckt.

»Mit einer Freundin«, antwortete ich knapp und sah zu Sid herüber, die verdammt noch mal grinste, als wäre sie gerade auf Wolke sieben.

Der Kerl sah kurz zu ihr.

»Mädelsabend also.«

»Genau.«

»Ich bin Jackson«, stellte er sich vor.

»Lexie.«

Immer wieder blickte er mir in die Augen, wirkte selbstsicher. Er wusste, wie er auf Frauen wirkte.

»Schöner Name.«

Dann sah ich seine perfekt weißen Zähne.

»Und was treibt dich hierher?«

»Anstrengender Arbeitstag. Wollte erst nicht kommen, aber wenn man schon mitgeschleppt wird ...«

Wieder lächelte er. »Hat sich aber doch gelohnt herzukommen.«

Er trank einen Schluck von seinem Drink, verlor aber nicht den Blick zu mir.

»Meinst du?«

Er biss sich kurz auf die Lippen. »Oh ja.«

Die Musik dröhnte immer noch, die Leute feierten ausgelassen und doch sah er nur mich an. Ich wusste nicht so recht, ob mir das gefallen sollte, aber wegschauen konnte ich irgendwie auch nicht.

»Lexie.«

Ich blickte zur Seite und mein Herz wäre mir in die Hose gerutscht, wenn ich eine angehabt hätte.

Julian stand neben uns und, oh Mann, er sah einfach nur umwerfend aus. Weißes Hemd, verschlissene Jeans, Haare wie immer wirr und doch so verwegen sexy, dass ich mich darin verlieren wollte. *Wollte?*

»Ihr kennt euch?«, fragte Jackson ihn.

Moment mal, kannten die beiden sich etwa?

»Allerdings«, antwortete Julian kurz und bündig, starrte mich dann aber wieder an. Wütend. War er sauer auf mich? Mein blöder, kontrollsüchtiger Anwalt war hier. Stand jetzt sogar neben mir, obwohl Jackson und ich ... keine Ahnung, aber wir hatten da einen Moment. Oder?

Mann, was wollte er hier?

Ich sah, wie Julian mich von oben bis unten musterte. Ging es noch offensichtlicher?

»Woher kennt ihr euch?«, fragte Jackson.

Ja genau, sag ihm, dass du mein Anwalt bist, du Blödmann.

Julian starrte mich weiter an.

»Sie ist mit Sid befreundet.«

Gelogen war das zwar nicht, aber vermutlich hatte er so etwas wie eine Schweigepflicht.

»Du musst mir Sid mal vorstellen. Immerhin hat sie dir den Arsch ...«

Doch Julian stoppte Jackson mit einem wütenden Blick. Jackson hörte sofort auf zu reden.

»Was hat Sid?«, hakte ich nach, doch Jackson winkte die Sache beiläufig ab.

»Nicht so wichtig.«

»Lässt du mich mal mit Lexie allein?«

Julian sah wieder mich an, ohne auf Jacksons Reaktion zu schauen.

»Sicher.«

Jackson ging, sah aber leicht verwirrt aus. War ich ja auch.

Als er verschwunden war, wollte ich über alles reden, aber nicht damit anfangen. Irgendwie war ich immer noch wütend auf ihn.

»Woher kennst du Jackson?«, fragte ich.

Julian hob die Hand zum Barkeeper, der ihm zunickte. Wie oft war der Kerl hier?

»Er ist auch Anwalt«, antwortete er und stellte sich mit zur Bar.

»Ich dachte, du arbeitest allein?«

Er lächelte kurz.

»Mach ich auch. Wir haben zusammen studiert.«

Also hatte er doch Freunde.

Der Barkeeper stellte ihm den Drink hin. Whiskey pur, glaubte ich.

»Danke, Bruno«, bedankte Julian sich.

Er kam also öfter her. Ich sah immer wieder, wie einige Frauen ihn anglotzten. Er war aber auch verdammt noch mal eine Augenweide. *Wie viele er wohl immer abschleppt?*

»Was willst du jetzt bereden?«, fragte ich ihn und versuchte, so unberührt wie möglich zu klingen.

»Bereden?«

Er klang verwirrt.

»Du hast Jackson gesagt, dass du mit mir allein reden willst. Du bist mein Anwalt, also ...«

Er brummte in sein Glas, als er daran nippte.

»Jackson ist kein Kerl, der zu dir passt.«

Wie bitte?

»Okay, und das sagst du mir, weil?«

Er stellte sein Glas wieder hin und sah mich dann an.

»Was machst du eigentlich hier?«

Er stellte sich wieder gerade hin, um vielleicht noch bedrohlicher zu wirken. Keine Ahnung.

»Ich bin mit Sid hier, um ein bisschen Spaß zu haben.«

Ich verschränkte die Arme vor meiner Brust. Was spielte sich gerade hier ab?

»Spaß?«

Er klang, als wäre ich nicht bei klarem Verstand.

»Ja. Was machst du denn hier?«

»Das ist was anderes«, erklärte er sich.

»Ist das dein Ernst? Du kennst den Barkeeper beim Vornamen.«

Er zuckte mit den Schultern.

»Meine Angestellten sollte ich beim Vornamen kennen.«

Was?

»Das ist dein Club?«

Er nickte und es schien ihm egal zu sein, wie ich das fand. Ich sah zu Sid, die sich angeregt mit Jackson unterhielt. Dieses Biest hatte mich wieder in die Arme dieses Kerls geworfen. Wahrscheinlich unbewusst, aber echt scheiße.

»Ich habe auch andere Einnahmequellen«, sprach er weiter, weil er wohl bemerkt hatte, wie überrascht ich war.

Die ganze Zeit war mein Körper schon wieder angespannt. Mir war klar, dass Julian das verursachte, aber sein Auftauchen hier, sein komisches Verhalten ... Das alles machte mich total bekloppt in der Birne.

»Schön, war's das jetzt?«, fragte ich ihn leicht gereizt.

»Halt dich bitte von Jackson fern, okay?«

Er klang jetzt mitfühlender und trotzdem sorgte es nicht dafür, dass ich das besser aufnahm.

»Das geht dich nichts an!«

Ich klang genau so wütend, wie ich mich fühlte. Was bildete der Kerl sich denn ein? Er mochte ja eine gewisse Anziehung auf mich haben, mehr aber auch nicht.

Meine Antwort nahm er nicht gerade gut auf, denn sein Blick verfinsterte sich sofort wieder.

»Willst du mich unbedingt reizen?«, keifte er wütend zurück.

Reizen?

»Wovon redest du da?«

»Es ist schon beschissen genug, zu wissen, dass ausgerechnet Michael dich hatte, aber jetzt auch noch Jackson?«

Seine Augen glühten, er kaute auf der Innenseite seiner Wange herum.

Was meinte er denn jetzt damit? Es war pralle voll, die Musik laut, die Stimmung anscheinend auf dem Höhepunkt und hier drohte es gerade zu eskalieren. Ich spürte seine Wut und irgendetwas anderes, das meinen Puls höher schlagen ließ. Er taxierte mich richtig. Aber wenn er dachte, dass er mir Angst machen könnte, dann irrte er sich gewaltig. Mich turnte das irgendwie total an. Oh Gott, ich war sicher rot wie eine Tomate.

»Achtzehn Sekunden, Lexie. Das pack ich niemals. Du hast es noch drauf«, stellte Sid grinsend fest, als sie sich zu uns gesellte.

Wie ein Eimer kaltes Wasser prasselten Sids Worte auf mich ein. Kaltes Wasser, das das Feuer in mir löschte.

Ich spürte noch immer Julians Blick auf mir, als Sid weitersprach.

»Du hast gerade 10.000 Dollar gewonnen, meine Liebe. Etwas mehr Freude würde ich da schon erwarten.«

»Gewonnen?«, fragte Jackson in die Runde, der sich natürlich auch zu uns gesellte.

»Lexie und ich haben gewettet. Wer am schnellsten angesprochen wird. Du hast dafür gesorgt, dass sie gewonnen hat.«

Sid zwinkerte Jackson zu, der mich amüsiert musterte.

»Ich bin der Glückliche gewesen? Toll. Lust zu tanzen, Lexie?«

Er hielt mir fragend seine Hand hin. Ich überlegte wirklich abzulehnen, wirklich. Aber allein schon Julians wütender Blick motivierte mich regelrecht. Wieso auch nicht? Ich war verdammt noch mal ungebunden. Single. Ich brauchte diese Art von Bestätigung. Damit es endlich vorwärtsging.

»Warum nicht?« Ich lächelte ihn an und ließ mich zur Tanzfläche führen.

Julians Blick war mir dabei durchaus bewusst.

»Was ist los mit dir?«, hörte ich Sid ihn fragen.

Mehr bekam ich aber nicht mit, denn sofort drehte Jackson mich gekonnt und riss mich zu sich. Körper an Körper. Sein Arm ruhte auf meinem Rücken, wohlgemerkt im unteren Bereich. Er war mir so nah, dass ich seinen Atem spüren konnte. Gott, das war verdammt nah. Zu nah. Die Musik war genau dafür gemacht, als hätte er darauf gewartet.

»Nicht bewegen. Er sieht uns zu«, flüsterte er mir ins Ohr.

Da er mir so nah war, dass ich schon sein Parfum riechen konnte, hörte ich alles, was er mir sagte.

»Ich weiß, dass er dich will.«

Von wem sprach er bitte?

Jackson bewegte sich gut, langsam, aber so gekonnt, dass man genau wusste, dass er nicht selten so tanzte.

»Jackson.«

»Psst. Ich weiß. Wenn er nicht wäre, hätte ich eine Chance. Aber allein dass ich ihn ein bisschen foppen kann, wenn ich dir so nahe komme, ist es wert.«

Jetzt sah ich auf, um ihm direkt in die Augen zu blicken. Er hatte tolle Augen, sah toll aus, aber er war nicht Julian. Oh nein. Das war es also. Meine Offenbarung, die ich hier, in den Armen eines anderen heißen Mannes hatte. *Ich stand auf meinen Anwalt.* Komplizierter ging es wirklich nicht.

»Du nutzt mich aus?«, fragte ich ihn leicht genervt.

»Bei Gott, nein«, antwortete er sofort. »Julian braucht manchmal ein bisschen Hilfe, um zu kapieren, was vor ihm steht.«

»Was meinst du damit?«

»Er hat einige wirklich beschissene Sachen durch. Aber seit ein paar Tagen, ich weiß nicht, wirkt er etwas zerstreut.«

Wir bewegten uns jetzt etwas schneller, aber hingen immer noch Körper an Körper. Mir war diese Nähe kaum noch bewusst, da ich mehr wissen wollte.

»Zerstreut klingt aber auch nicht gerade gut.«

Er schnaubte in mein Ohr.

»Besser, als seit einem Jahr wie der größte Wichser herumzulaufen. Entschuldigung, ich meinte das nicht so.«

Ich grinste.

»Schon gut.«

Ich spürte, wie Jacksons Brust sich hob.

»Julian verdient etwas Glück in seinem Leben. Und so wie er

dich ansieht, Lexie ... tja, ich kann mir vorstellen, was er in dir sieht.«

»Julian hat Regeln«, antwortete ich ihm und lehnte meinen Kopf an seine Schulter.

Eine sehr intime Geste, aber irgendwie brauchte ich das jetzt. Dieser Tanz bedeutete für Jackson nichts, das war mir klar, seitdem wir hier über Julian sprachen.

»Regeln, die er sich selbst aufgestellt hat. Er kann sie genauso schnell wieder fallen lassen. Das ist nur zum Schutz gedacht, Lexie.«

Ich runzelte die Stirn.

»Schutz?«

»Mist, das habe ich dir nicht gesagt, okay.«

Er klang leicht verzweifelt.

Ich lehnte mich wieder zurück, um ihm ins Gesicht schauen zu können.

»Hat er diese Regel schon mal gebrochen? Sich mit Mandantinnen eingelassen?«

Wieso sollte er das auch nicht tun? Er wusste vermutlich, wie ungern das gesehen wurde, und hatte die Regel jetzt aufgestellt. Und ich lag richtig. Jackson sah mich an, als hätte ich ihn geohrfeigt.

»Einmal«, antwortete er knapp und drehte mich dann zur Seite.

Einmal? Und dann war es so schiefgelaufen, dass er die Regel verfasst hatte? Was war nur passiert?

»Drei, zwei, eins.«

Wieso zählte er jetzt?

»Darf ich?«

Julian stand vor uns und sah mich fragend an.

Jackson ließ mich grinsend los.

»Aber klar doch.«

Ich wurde gar nicht mehr gefragt? Jackson gesellte sich sofort wieder zu Sid, die an der Bar saß und zum Lied mitwippte.

Julian nahm meine Hand, sanft, als wäre ich zerbrechlich, und stellte sich so nah neben mich, wie es ging. Wieso war das jetzt so schwierig für mich? Das ging doch bei Jackson auch gerade? Ich sah direkt auf seine Lippen, als er mich zu sich drückte. Er war so groß. Diese Lippen. Wow.

»Alles in Ordnung?«, fragte er mich und schmunzelte.

Der Dreckskerl hatte es natürlich mitbekommen. Mist.

»K-k-lar.«

Ich stotterte. Oh nein. Peinlicher ging es wirklich nicht.

Oder doch. Seine Hand berührte die gleiche Stelle wie Jackson, nur dass meine Haut sofort Feuer fing. Feuer? *Ist das dein Ernst, Alexandra Mary Pike?* Das war eine einzige Berührung. Ich korrigierte: Ich spürte ihn, seinen Atem, auf meiner Schulter. Er hatte seinen Kopf zu mir heruntergelehnt. Oh verdammt. Mein ganzer Körper rief ihn. Mein Unterleib zog sich zusammen. Ich war völlig benebelt.

»Ich hab dir noch gar nicht gesagt, wie heiß du heute aussiehst.«

Ich zuckte regelrecht zusammen, als er anfing, sich der langsamen Musik nach zu bewegen.

»D-danke.«

Ich stotterte schon wieder. Wo war die selbstbewusste Lexie hin? Die hatte Michael wohl mitgenommen. Und selbst jetzt gab dieser Arsch sie mir nicht wieder.

»Wirklich alles in Ordnung?« Julian sah mich fragend an.

Starrte er mich die ganze Zeit schon an? Ich bekam wirklich nichts mehr mit!

»Klar, ich meine … nein.«

Jetzt oder nie. Die Fragezeichen in Julians Gesicht wurden größer, das konnte ich erkennen. Und doch sah er immer noch so unheimlich attraktiv aus. Mist.

»Du hast Regeln, Julian.«

Er nickte leicht, ohne den Blick abzuwenden.

»Und doch bist du hier und tanzt mit mir.«

Er seufzte und bewegte sich weiter.

»An Tanzen ist nichts auszusetzen, oder?«, fragte er beiläufig.

Oder es war seine Antwort. Ich wusste es nicht genau.

»Nein, aber …«

Was sollte ich denn sagen? Dass mein ganzer Körper nur eines wollte? Dass ich ihn in meinem Bett haben wollte? Er war mein Anwalt. Oh Gott, machte ich meinem Anwalt gerade klar, dass da von meiner Seite her mehr war? Was wollte ich eigentlich sagen?

Meinen 1,5-er Collegeabschluss glaubte mir wahrscheinlich gerade keiner hier. Ich führte mich ja auf wie die unsicherste Frau überhaupt.

Bevor ich noch mehr Unsinn von mir gab, lehnte ich mich an seine Schulter und hörte dem Song zu. Ich glaubte, es war Adele, der wir jetzt lauschten:

So I won't let you close enough to hurt me

Mein Herz sprang praktisch auf Höchstleistung. Julian musste es merken, sein Druck in meiner Hand wurde fester.

No, I won't ask you, you to just desert me

Das war doch ein schlechter Scherz!

I can't give you what you think you gave me
It's time to say goodbye to turning tables

Ich musste hier weg! Hastig stellte ich mich wieder auf, der Hautkontakt musste sofort ein Ende haben.

»Lexie?«

Er sah mich überrascht an. Klar, wir standen mitten auf der Tanzfläche und ich stieß ihn so schnell von mir, dass er sicher Fragen hatte.

»Ich muss los. War schön. Bye.«

Ich klang nicht nur unsicher, sondern absolut bekloppt. Er hielt mich sicher für geisteskrank!

Ich kam schnell von der übervollen Tanzfläche herunter und rannte los. Leider verfehlte ich den Ausgang und fand mich vor den Toiletten wieder. Der dunkle Flur beleuchtete die entsprechenden Schilder dazu.

»Scheiße.«

Es war niemand hier, der mich hören konnte, also lehnte ich mich zurück an die Wand und seufzte erleichtert auf. Ich war jetzt erst mal weg von ihm und beruhigte mich langsam.

Ich schloss die Augen, um mich kurz zu sammeln, als ich wieder einen Körper an mir spürte. Großer Gott.

Ich öffnete meine Augen und sah in seine. Er war mir nachgegangen und lag jetzt praktisch auf mir.

»Ich weiß, warum du wegläufst«, sprach er und es klang wie ein Lied.

Gott, ich war ihm verfallen. Das war mein letzter Gedanke, denn als er seine Lippen auf meine presste, war es vorbei mit meinem Kopf. Er hatte nichts mehr zu sagen.

Was tat ich hier? Ach ja, ich stand an die Wand gepresst vor meinem Anwalt, der mir gerade seine heiße Zunge in den Mund schob. Und was sollte ich sagen? Es fühlte sich einfach nur atemberaubend an. Seine Hände umfassten meine Taille. Gott, was hat er für große, starke Hände. Sein Geruch, erdig und ein Hauch von Aftershave. Wie gemein. Allein sein Duft brachte mich in andere Welten.

Ich kam schneller in die Wirklichkeit zurück, als ich gedacht hatte. Denn irgendwelche Leute gingen an uns vorbei, um auf die Toilette zu kommen. So, dass er sich mir sofort entzog. Er lehnte sich an die gegenüberliegende Wand, sodass genug Abstand zwischen uns herrschte. Zu viel Abstand. Mein Körper rief laut nach ihm. *Gott sei Dank kann er das nicht hören.*

Er fasste sich an die Lippe. Auch im Dunkeln konnte ich ihn sehen, und was ich sah, war einfach nur toll. Er war so schön und so männlich. Wieso konnte ich mich früher mit weniger zufriedengeben? Okay, das klang richtig fies, aber das entsprach der Wahrheit. Mein Körper hatte noch nie so reagiert. Ich war noch immer völlig außer Atem und schmeckte ihn noch auf meinen Lippen.

Ich sah zu ihm rüber und spürte seinen Blick auf mir, auch wenn seine Augen in der Dunkelheit kaum zu sehen waren. Seine Brust hob sich schnell. Ihn ließ das Ganze genauso wenig kalt. Klar, er war mir auch hinterher. Welcher Mann tat das schon, wenn er kein Interesse hatte. Oder?

Die Zeit verging, die Leute wollten in die Toilette, kamen wieder raus und doch standen wir da einfach herum. Die Musik war laut, die Leute beschwerten sich. Aber er? Er sagte gar nichts. Vielleicht sollte ich was sagen? *Aller Anfang ist ja bekanntlich schwer.*

»Du musst dir einen anderen Anwalt suchen.«

Ich glaubte, mich verhört zu haben! Was hatte er gesagt?

»Bitte?«

Mir fiel wirklich keine bessere Frage ein. Das war doch jetzt nicht sein Ernst!

»Ich werde dir einen Kollegen empfehlen.«

Dann verschwand er wieder in den Club.

Perplex stand ich da. An dem verfluchten Toiletteneingang. Julian hatte mich einfach stehen lassen. Mein Anwalt hatte mich …

»Lexie?«

Sid stand vor mir.

»Was ist los? Was machst du hier?«

Wunderbare Frage. Was machte ich hier? Das war ich doch gar nicht. *Ich hab mich von meinem Anwalt in einer dunklen Ecke küssen lassen, und als ich dann auch noch glaubte, dass da mehr war, erklärte er mir, dass er einen anderen Anwalt für mich suchen würde. Klasse. Ganz großes Kino.*

»Lexie?«

Ach ja, ich hatte ihr noch keine Antwort gegeben.

»Wieso hast du mir nicht gesagt, dass das Julians Club ist?«

Ich war wütend und ließ es jetzt an ihr aus. Toll.

»Na ja, ich wusste nicht, dass es wichtig ist.«

Oh Gott, natürlich wusste sie das nicht. Woher denn auch?

»Ist auch egal. Ich geh nach Hause.«

»Jetzt schon?«

Sie klang verwirrt.

»Bleib ruhig hier. Ich nehme mir ein Taxi.«

»Ist wirklich alles okay?«

Ich nickte leicht. Was sollte ich auch sagen? Ich wusste selbst nicht, was das jetzt war. Außer dass Julian Croft mir eine Abfuhr erteilt hatte. Und das tat verdammt weh.

Als ich aus dem Club trat, holte ich erst einmal tief Luft. Befreiend. Aus seinem Club zu kommen, war eine Wohltat. Ich hatte ihn zwar nicht mehr gesehen, aber er war dort. Also Hauptsache, diese Hürde war jetzt geschafft. Alles andere würde er wohl tun. Einen neuen Anwalt suchen.

»Lexie.«

Mein Körper verkrampfte sich regelrecht.

Mist. Michael stand vor mir.

Sein Gesicht war versteckt unter einem Basecap. Er lächelte. Mir gefror das Gesicht, obwohl es Sommer war. Die absolute Panik blieb allerdings aus.

»Was willst du hier? Folgst du mir etwa?«

»Ich darf nicht mehr zu unserer Wohnung, deswegen musste ich es so versuchen.«

»Meiner Wohnung«, korrigierte ich ihn in scharfem Ton.

Er seufzte.

»Tu das bitte nicht. Wirf nicht einfach alles weg, was wir hatten.«

Ich schnaubte verächtlich. Ich hatte Mut, wollte nicht wegrennen. Wir standen direkt vor einem belebten Club. Er würde mir nichts tun.

»Was hatten wir denn? Unsere ganze Ehe war eine Lüge. Sei einfach froh, dass ich so lange so bescheuert war.«

»Ja, das war nicht die feine Art von mir.«

»Feine Art?« Der wollte mich doch verarschen? »Du hast mir Jahre gestohlen. Jahre, die ich mit dem richtigen Mann hätte verbringen können.«

Seine Miene verfinsterte sich.

»Du meinst Julian Croft.«

»Was?«

Hatte er uns im Club gesehen?

»Er ist nicht der Samariter, den du in ihm sehen willst.«

Wovon sprach er denn jetzt?

»Michael, was soll das? Er ist mein Anwalt.«

Na ja, eigentlich war er das nicht mehr.

Genervt zog er das Basecap ab und jetzt sah ich ihn genauer. Er musste sich tagelang nicht rasiert haben. Dunkle Augenringe vervollständigten sein schlimmes Erscheinungsbild. Hatte ich das verursacht? Nein, der Gedanke musste sofort verworfen werden. *Keine Schuldgefühle. Das war der Plan.*

»Wenn du denkst, dass ich nicht mehr die Scheidung will, nur weil du negativ über meinen Anwalt sprichst, dann irrst du dich.«

Er schüttelte den Kopf.

»Das meine ich nicht.«

»Na, was meinst du denn? Ich kann dir nicht folgen. Und ehrlich gesagt spricht das hier nicht für dich, wenn du mir nachts auflauerst.«

»Und zu dir passt es nicht, dich so anzuziehen und in einem Club zu feiern.«

Er bemerkte sofort, dass er zu weit gegangen war.

»Entschuldige.«

Hatte er sich wirklich entschuldigt? Was sollte das denn jetzt? Das klang sogar irgendwie ehrlich.

»Ich meine damit alles.« Er sah beschämt zu Boden. »In letzter Zeit war ich alles andere als normal. Ich hab dir nicht nur mit den ganzen Affären wehgetan, sondern auch körperlich und …«

Ich fasste mir wie von selbst an den Hals.

»Ich habe dir wehgetan. So sehr, und ich weiß, dass das nicht mehr gutzumachen ist. Deswegen will ich dir einfach nur sagen, dass du aufpassen musst.«

»Aufpassen?«

»Auf dich. Julian Croft ist nicht der Mann, den du glaubst zu kennen.«

»Und das sagst ausgerechnet du mir? Ist das nicht mehr als makaber?«

»Sicher ist es das. Aber sonst warnt dich doch auch keiner.«

Ich runzelte die Stirn.

»Wer sollte mich denn noch warnen?«

»Es ist richterlich beschlossen, dass Sie sich Ihr nicht mehr nähern dürfen!«

Plötzlich stand Julian neben mir und starrte zu Michael. Woher kam er denn jetzt?

Michael setzte sofort das Basecap wieder auf und starrte ihn genauso wütend an.

»Ist das so?«

Julian hob sein Handy.

»Gerade erfahren. Fünfzig Meter Abstand, sonst Geldstrafe oder Gitterstäbe!«

Er bekam mitten in der Nacht geschäftliche Nachrichten?

Michael biss die Zähne zusammen. Ich kannte diesen Blick. Er war stinkwütend.

»Du hast dir wirklich eine Verfügung besorgt«, knurrte er mich an.

Was sollte ich sagen? Er hatte mir vor dem Beautysalon Angst gemacht. Er war handgreiflich geworden. Es war doch nur zu meiner Sicherheit.

»Seien Sie froh, dass Sie nicht noch weiter gegangen ist«, stellte Julian mit ruhiger Stimme fest. Was sollte das? Musste er ihn unbedingt noch weiter provozieren?

»Halten Sie sich da raus! Meinen Sie, ich weiß nicht, wieso ausgerechnet Sie Lexie vertreten?«

Was meinte er denn jetzt damit schon wieder?

»Lexie kam zu mir«, antwortete er ihm. War das also jetzt seine Antwort darauf?

Was ging hier ab? Michael schnaubte.

»Sicher. Jules hat mir schon gesagt, was Sie da versuchen. Aber wenn Sie glauben, dass Sie meine Frau dazu benutzen können, dann irren Sie sich.«

»Bald Ex-Frau«, betonte Julian und ärgerte Michael damit noch mehr.

»Jules?«, war meine einzige Frage zu dieser total bekloppten Unterhaltung, die ich null verstanden hatte.

»Ja, sagen Sie ihr, wer Jules ist«, feuerte Michael laut über den Bordstein.

Doch bevor Julian reagieren konnte, kamen auch schon zwei riesige Kerle und baten Michael zu verschwinden. Ich erkannte sie wieder, das waren die Türsteher des Clubs. Julian musste sie gerufen haben.

Michael redete auf die beiden ein, doch wirkliche Chancen hatte er nicht. Ich spürte, wie Julian mich musterte. Das erste Mal, seit er hier draußen stand.

»Alles okay?«

»Ob alles okay ist? Was war das gerade?«

Jetzt klang ich gereizt. Gut, ich war's auch. Weil diese ganze Show gerade einfach nicht mehr normal war.

»Das ist nicht das erste Mal, dass ein Ex versucht sich aufzuspielen«, antwortete er mit betont gelassener Stimme.

»Meinst du das ernst? Du willst mir also nicht sagen, wieso Michael hier steht und mir sagt, ich solle mich vor dir in Acht nehmen? Ganz zu schweigen davon, dass er einen Namen erwähnt hat, den ich nie zuvor gehört habe. Und wer ist Jules?«

Ich sah, wie seine Schultern sich anspannten. Seine Augen funkelten. Endlich mal eine Reaktion.

»Michael Pike ist ein manipulativer Geschäftsmann. Das sollte dir klar sein. Er will, dass du unsicher wirst, Lexie. Das ist seine Masche. Und wenn er das geschafft hat, wird er das ausnutzen.«

Ich wusste, dass er recht hatte. Aber ich glaubte nicht, dass Michael das gerade wirklich tun wollte.

»Du willst mir also sagen, dass das alles unbedeutend ist? Alles völlig unwichtig?«

Er nickte und schaute mich weiter eindringlich an.

»Das ist es.«

Seine Stimme brach und klang leise. Ich schnaubte.

»Klar.«

Jetzt fuhr sich Julian durch die Haare. Durch seine tollen Haare. *Stopp! Nicht so viel denken.*

»Was willst du denn von mir hören? Michael ist im Begriff, alles zu verlieren, Lexie. Er mag ein untreuer Wichser sein und nahm dich für selbstverständlich, aber Michael wäre nicht Michael, wenn er kampflos das Feld räumen würde.«

Ich holte tief Luft. Da war was Wahres dran.

»Er wird alles tun, um dich umzustimmen.«

»Ich werde ihn nicht zurücknehmen.«

Das war mein Ernst. Ich liebte ihn nicht mehr. Schon lange nicht mehr. Ich brauchte den Anstoß, zu gehen, und den bekam ich damals.

Erst jetzt bemerkte ich, wie er mich weiterhin anstarrte. Mein Herz machte einen Hüpfer. Gott, er sah so gut aus.

»Das ist schön zu hören«, antwortete er.

Seine Stimme klang zärtlich und perfekt. Perfekt für mich. Und immer noch sah er mich an. Schaute mich so ein Mann an, der mich nicht wollte? Nein. So sah er nicht aus. *Ach, egal.*

Bevor ich es mir anders überlegen konnte, küsste ich ihn. Ich wollte ihn spüren. Seine Lippen auf meinen, wie vorhin. Doch bevor ich überhaupt weiter gehen konnte, ihn zu mir ziehen konnte, machte er einen Schritt zurück. Und mir wurde eiskalt.

Zwei Wochen vergingen, ohne dass ich etwas von meinem Anwalt hörte. Jepp, ich hatte ihn geküsst und er war einfach abgehauen. Er hatte mich stehen lassen. Während ich meine Gefühle nicht unter Kontrolle hatte. *Ich* hatte ihn geküsst. Ihm gezeigt, dass ich ihn wollte, und er riss sich los und verschwand.

Danach hatte ich geglaubt, dass Julian sein Mandat abgeben würde, damit er sich nicht mehr mit mir treffen müsste. Aber es kam nichts dergleichen. Einzig und allein bekam ich die E-Mail, dass am zwanzigsten dieses Monats die erste Anhörung stattfand. Ich hatte die Mail mehrmals gelesen und natürlich war es ein Standardschreiben. Auch wenn ich gehofft hatte, dass er da vielleicht noch irgendwas anderes reingeschrieben hatte. Da war natürlich nichts.

Ich war pünktlich um 10 Uhr in Julians Kanzlei angekommen. Ich saß noch im Warteraum, meine Hände waren schweißnass. Die Nacht hatte ich kaum geschlafen, weil ich auch Michael wiedersehen würde. Er hatte sich Gott sei Dank auch nicht mehr gemeldet. Gut, er durfte es jetzt auch nicht mehr.

Und obwohl ich Angst haben sollte, Panik, dass ich mit Michael gleich in einem kleinen Raum sitzen und die Scheidung besprechen würde, dachte ich immer wieder nur an Julian. Und den Kuss … den Kuss, den er mir gegeben hatte. Und dann wieder an den Kuss, den ich von ihm wollte. Und den er mir nicht gab.

»Beruhige dich, alles wird gut.«

Sid war mitgekommen und ich war ihr deswegen unendlich dankbar. Obwohl ich total neben mir war im Club und sie noch blöd angemacht hatte, fragte sie nicht weiter nach den Gründen. Ich dachte, sie hätte vielleicht mitbekommen, dass es wegen Julian war, aber sie fragte halt nicht und das beruhigte mich. Irgendwie wollte ich da auch nicht drüber reden. Auch, wenn Julian in meinem Kopf Dauerthema war.

»Miss Johnson?«

Julians Sekretärin stand vor uns.

»Kommen Sie bitte mit. Mr. Croft möchte Sie noch vor der Anhörung sprechen.«

»Natürlich.«

Sid und ich standen auf und folgten ihr zu seinem Büro. Mein Herz schlug immer schneller.

»Alles wird gut.«

Sid nahm meine Hand und drückte sie. Sie bemerkte meine Anspannung. Nur der Grund war ein anderer, als sie dachte.

»Setzt euch, Ladys.«

Julian saß an seinem Schreibtisch und blickte nicht mal auf. Ich sah Sid fragend an, die zuckte unwissend mit den Schultern.

Wir setzten uns und warteten darauf, dass er endlich mal aufsah. Seine Unterlagen schienen interessanter zu sein. Wenigstens konnte ich ihn so genauer anstarren. Sein typischer Anzug verlieh ihm wie immer noch mehr Stärke und Sexappeal. Seine Haare perfekt gestylt. Oh Mann, wie aus einer Zeitschrift. Fehlte nur noch das Parfum, das er im Fernsehen bewarb.

Er kam nur mit einer Badehose aus dem Meer gelaufen. Das Wasser tropfte von seinem Körper. Jeder Muskel wurde bei seinem Gang bewegt, das perfekte Sixpack glänzte gegen die Sonne an. Er fuhr sich mit der Hand durch seine nassen Haare und lächelte mich dabei an …

Sid räusperte sich und riss mich damit aus meinem Tagtraum heraus. *Gerade bereute ich es wirklich, sie mitgenommen zu haben.*

»So.«

Julian sah endlich auf und begegnete kurz meinen Blick, um dann Sid anzusehen.

»Bereit für heute?«

Wieso sah er mich nicht an? Es ging doch nicht um Sid, verflucht noch mal.

»So weit es geht, nicht wahr, Lexie?«

Sid blickte mich mitfühlend an.

»Ich will einfach, dass sich das heute schon klärt.«

»Wenn Michael Ihre Bedingungen akzeptiert, könnte man die Scheidung beschleunigen«, erklärte Julian und schaute mich immer nur wenige Sekunden an.

Sein Blick verriet nichts. Aber dass er mich wieder gesiezt hatte, sagte doch einfach alles. Er bereute den Kuss, war deswegen abgehauen und zog nur noch seinen Job durch.

»Ich spreche vor diesen Anhörungen gerne noch mal mit meinen Mandanten, damit ich sicher bin, für was ich kämpfe.«

Was meinte er denn damit?

»Sie wollen immer noch weder Unterhalt noch irgendwelche Sachgegenstände. Ist das korrekt?«

Er sah auf seine Unterlagen, als würde er es vorlesen.

Wieso hatte ich überhaupt geglaubt, dass Julian Croft so etwas wie ein Herz hatte? Er mochte am Anfang herrschsüchtig gewesen sein, aber das hatte nichts mit mir zu tun. Er war einfach ein Arschloch. Genau. Mein Noch-Mann war ein Stalker und untreuer Idiot und mein Anwalt war ein Arschloch. Wunderbar. Ein toller Beweis, dass ich die Idioten wie Motten anzog und nicht umgekehrt.

»Das ist korrekt«, betonte ich so kühl wie möglich.

Distanz. Das ist das Richtige. Genau.

»Gut.« Er sah auf seine Armbanduhr. »Dann kommen Sie, Lexie. Die anderen müssten bereits im Konferenzraum sein.«

»Kann ich nicht mit?«, fragte Sid total irritiert.

»Kein Publikum«, antwortete er knapp und griff nach einigen Unterlagen.

Sid sah mich mit großen Augen an.

»Ich bin ja da, Sid. Mach dir keine Sorgen.«

Und da war er wieder. Der liebevolle Julian. Aber er zeigte es nur ihr, und zwar so kurz, dass sie selbst darüber irritiert war.

Ich sah es in ihrem nachdenklichen Gesicht, als wir aus dem Büro gingen.

Julian lief vor mir und irgendwie hatte ich das Gefühl, als würde er extra so schnell laufen. Als würde er fliehen. Meine Güte, rannte er jetzt schon von mir weg?

»Alles okay?«

Er drehte sich um und blieb stehen. Diesmal sah er mir wieder in die Augen und ich hielt dem Blick stand. Er sah besorgt aus.

»Klar«, versuchte ich so locker wie möglich zu antworten.

Ich scheiterte kläglich. Es wäre eine Lüge zu sagen, es wäre mir egal, dass Michael hier war. Und es wäre eine Lüge, wenn ich sagen würde, dass mich diese Augen, die mich gerade ansahen, kaltließen. Verdammt. Wieso wirkte er so auf mich?

»Dir wird nichts passieren. Michael kann dir nichts tun.«

Er sah mich weiter eindringlich an.

»Ich weiß.«

Er lächelte kurz, nickte und ging mit mir durch die Tür vor uns. Der Raum war groß und komplett mit riesigen Glasfenstern ausgestattet. Man konnte also genau sehen, was um uns herum geschah. Michael saß schon mit seinem Anwalt am Konferenztisch.

»Lexie.«

Michael stand ruckartig auf, als wir reinkamen. Er hatte sich rasiert, seine Augenringe waren nicht mehr ganz so tief.

»George, Mr. Pike«, begrüßte Julian seinen Anwalt und ihn selbst höflich, aber distanziert. Julian zeigte auf den Stuhl, den ich hervorzog. Ich setzte mich, Julian nahm direkt neben mir Platz. Michael setzte sich auch wieder.

Da saßen wir also.

Meinen Ex, den ich noch vor zwei Jahren geheiratet hatte, wollte ich nicht mehr. Er war mir fremd geworden. Und nur wenige Wochen später fühlte ich nichts mehr, was uns mal vereinte. War das nicht makaber? Ich wollte mal mit ihm alt werden! Und jetzt war ich nervös, weil mein Anwalt mich nicht mehr mit dem Arsch anschaute. Gott, ich glaubte, ich brauchte wieder Therapiesitzungen.

»Also, wo stehen wir? Hat Ihre Mandantin Forderungen?«, begann sein Anwalt das Gespräch.

»Miss Johnson möchte«, begann Julian, doch Michael sprach sofort dazwischen.

»Sie heißt noch immer Pike.«

Sein Blick, der Julian galt, war voller Verachtung. Na toll, und es ging los.

»Wollen Sie wirklich darüber diskutieren, wie Ihre Exfrau heißt? Oder wollen wir die Punkte besprechen, die noch verhandelbar sind?«

Julian klang völlig sachlich und doch war der Inhalt reine Provokation. Versteckt hinter seiner Professionalität.

Und er hatte Erfolg. Michael presste die Zähne aufeinander. Ich kannte diesen Blick. Und ich wollte ihn nie wieder sehen. Sein Anwalt flüsterte ihm etwas ins Ohr. Einige Augenblicke später starrte er mich an und beruhigte sich sichtlich.

»Meine Mandantin fordert weder Unterhalt noch möchte sie gemeinsame Anschaffungen, die während der Ehe gekauft wurden, für sich selbst beanspruchen. Sie möchte einzig und allein die Apartmentwohnung in der Ronder Street. Das Apartment kaufte meine Mandantin vor der Eheschließung, somit ist es auch kein gemeinsamer Erwerb gewesen. Die Kaufurkunde besitzt Sie ja bekannterweise schon.«

Michael schnaubte verächtlich, wieder redete sein Anwalt leise auf ihn ein.

Ich wollte nicht wissen, wie Julian mir damals die Kaufurkunde besorgt hatte. Michael gefiel es aber immer noch nicht.

Der flüsterte seinem Anwalt wieder etwas zu.

»Und die einstweilige Verfügung gegen ihn? Wird diese zurückgenommen?«

»Auf keinen Fall«, antwortete Julian hastig.

»Das ist doch lächerlich. Lexie …« Michael blickte mich an. »Ich werde dir doch nichts tun. Das weißt du.«

»Vergessen Sie nicht, dass Sie bereits etwas getan haben, Mr. Pike. Sonst gäbe es diese Verfügung nicht.«

»Bevor Sie meinem Mandanten irgendwelche Vorwürfe machen, sollten Sie diese auch beweisen können. Soweit ich weiß, besteht die Verfügung aufgrund der Tatsache, dass mein Mandant einfach zu oft am falschen Ort war und Mrs. Pike sich bedrängt gefühlt hat.«

Jetzt schnaubte Julian. Was passierte hier bitte?

»Mr. Pike kann einfach froh sein, dass wir keine Anzeige gestellt haben. Außerdem sollte er sich freuen, dass seine Exfrau nichts weiter will als das, was ihr rechtlich zusteht. Wollen wir also alles weiter in die Länge ziehen, obwohl der Fall klar ist?«

Julian sah seinen Kollegen fragend an. Der starrte ihn an, als hätte er gerade etwas Unmögliches gesagt. Was war hier los?

Ich sah zu Michael, der sich übers Gesicht strich.

»Lexie ...«

Seine Stimme klang wieder ruhiger und sanfter. Aber ich kannte diese Nummer von ihm. Das tat er immer, wenn er nicht weiterwusste. Ich starrte auf seine Hand und erblickte seinen Ehering. Er trug ihn noch!

»Ich habe viele Fehler gemacht. Zu viele. Und ich weiß, dass ich das kaum wiedergutmachen kann. Aber gib uns doch bitte nicht auf. Viele Paare haben auch mal Probleme.«

»Probleme? Michael, du hast mich ständig belogen und betrogen. Das sind keine Probleme, das ist eine Krankheit!«

Ich sagte es so gehässig, wie es nur ging. Auch wenn Michael nicht mehr so aussah, er war noch immer der Mann, den ich geheiratet hatte. Kalt, egoistisch und rachsüchtig. Und ich glaubte, dass ich gerade all seine Facetten zu sehen bekam.

»Gut.«

Michaels Miene verfinsterte sich sofort wieder. Er stand auf und sah mich noch immer an.

»Ich will die Wohnung!«

»Was? Aber du wolltest sie nie«, antwortete ich geschockt.

Er zuckte mit den Schultern.

»Jetzt will ich sie.«

Sein Anwalt stand auch auf.

»Na, dann melde ich mich wohl bei Ihnen, Julian.«

Man sah ihm an, dass er leicht genervt war. Ihm passte das auch nicht. Beide verließen den Raum.

»Was heißt das jetzt?«

Ich wandte mich zu Julian, der auf seine Unterlagen starrte.

»Keine Einigung. Keine Scheidung.«

Mir wurde schlecht. Und mein Kleid litt auch. Ich krallte meine Hände die ganze Zeit in den Stoff, so angespannt war ich. Keine Scheidung. Michael hatte es wieder mal geschafft. Und Julian konnte nicht distanzierter sein. Ohne ein weiteres Wort verließ auch er den Konferenzraum. Ich drehte irgendwann noch durch.

»Auch Lust mitzugehen?«

Ich starrte schon die ganze Zeit aus dem Fenster.

»Lexie? Hey.« Amanda fuchtelte vor meinem Gesicht herum.

»Mhm?«

»Julia und ich hatten darüber gesprochen, heute auszugehen. Willst du nicht mitkommen?«

Mir war klar, dass ich schon seit ein paar Tagen nicht wie der pure Sonnenschein herumlief. Aber tanzen gehen mit Amanda und Julia? Ich kannte die beiden kaum und irgendwie hatten die beiden etwas Unechtes an sich. Wieso fühlte ich immer nur so?

»Tut mir leid, ich kann nicht.«

»Schade. Aber wenn du reden willst, du hast meine Nummer.«

Sie berührte kurz meine Hand und lächelte wieder wie gekonnt. Und wieso fühlte ich mich jetzt dabei so unwohl?

Lexie, du hast ein Problem damit, anderen zu vertrauen. Jepp, auf jeden Fall!

Aber vielleicht, aber auch wirklich nur vielleicht, lag meine geistige Verwirrung daran, dass ich Julian seit zwei Wochen nicht mehr gesehen hatte. An dem Tag erfuhr ich nicht nur, dass Michael die Scheidung hinauszögerte und meine Wohnung für sich forderte. Nein, auch Julian behandelte mich seitdem wie Luft.

Klar, Julians überaus attraktive Büroangestellte sagte mir zwar, dass man sich melden würde, wenn es was Neues gäbe, aber hallo? Er hätte sich doch mal selbst melden können, um mir zu erklären, wieso wir uns geküsst hatten! Oder ich ihn, ach, hatte ich schon erwähnt, dass er ein Arschloch war?

Ich wusste, ich war bekloppt. Und ich wusste, ich sollte das nicht sein. Aber je länger die letzte Begegnung mit meinem Anwalt her war, umso wütender wurde ich auf mich selbst. Denn sein wir mal ehrlich: Was war denn auch schon passiert? Rein gar nichts. Ein Kuss bedeutete nichts. Obwohl das Gefühl, dass ich bei diesem Kuss verspürt hatte, unbeschreiblich gewesen war.

Um auf den blöden Punkt zu kommen: Julian war ein Arschloch. Hatte ich schon erwähnt, oder? *Jupp.*

Nachdem ich den Arbeitstag irgendwie überstanden hatte, saß ich jetzt, an einem Freitagabend wohlgemerkt, auf meinem kuscheligen Sofa, bepackt mit Popcorn, und wartete darauf, dass einer meiner Lieblingsfilme begann: *Dirty Dancing*. Ich kicherte wie verrückt, als Johnny das erste Mal auf dem Bildschirm erschien.

Was für ein Mann. Erst spielte er den Unnahbaren und dann tauchte sein Baby auf. Hach, wie romantisch.

Als *She's like the Wind* im Film gespielt wurde, bekam ich Gänsehaut.

»Das ist doch nicht dein Ernst!«

Sids geschockte Stimme drang durch die Tür.

»Sid?«

Ich ging zur Tür, schloss das dicke Schloss auf und öffnete.

»*Dirty Dancing*?« Sie stöckelte in mein Apartment, setzte sich seufzend auf mein Sofa und starrte den Fernseher an. »Mir war nicht klar, wie fatal deine Situation ist.«

»Meine Situation?«

»Nennt man das neuerdings einen Schlafanzug?«

Sie zeigte anklagend auf mich.

»Was hast du dagegen?«

Ja gut, es war ein schlichtes Nachthemd mit Snoopy drauf. Herrgott noch mal, wenn ich mich schon scheiße fühlte, konnte ich doch in meinen eigenen vier Wänden auch scheiße aussehen!

»Wo sind deine hässlichen Pantoffeln?«

Ich zuckte unwissend mit den Schultern. Natürlich wusste ich, wo sie waren, aber ich wollte die Dinger nicht mehr tragen, wenn ein gewisser Anwalt vielleicht spontan vorbeischauen würde.

»Ich dachte, wir gehen heute mal aus. Immerhin hast du mich die letzten zwei Wochenenden versetzt.«

Sie schlug ihre Beine übereinander.

Sid sah gut aus, wie immer. Unter ihrem Mantel versteckte sie sicher wieder ein superteures Designerkleid.

»Ich hab keine Lust, Sid.«

»Ich weiß ja, dass das mit Michael nicht so lief wie gedacht. Aber Julian hat mir versichert, dass das sicher nicht mehr lange so gehen wird. Michael wird einknicken und dann seid ihr auch schon geschieden.«

Zuckte ich zusammen, weil sie Michael erwähnte? Nein. Das war ein Fortschritt.

Zuckte ich zusammen, weil sie Julian erwähnte? Verdammt noch mal, Ja.

»Du bist getrennt von Michael, bald auch geschieden. Jetzt genieße doch endlich mal dein Leben als Single.«

»Wo willst du denn hin?«

Ich ließ mich auch aufs Sofa fallen. Da saßen wir also und sahen gerade zu, wie Johnny den finalen Tanz mit Baby tanzte.

»Ich dachte, wir gehen wieder in Julians Club. Immerhin ist das mittlerweile der beste in der Stadt.«

»Dein Ernst?«

Das konnte doch nicht mehr wahr sein! Jetzt überlegte ich wirklich, ob ich noch mal rausgehen sollte mit Sid. Und dann schlug sie wieder den Club meines heißen Anwalts vor, der mich nicht wollte!

»Wieso nicht?« Sie sah zu mir rüber. »Jetzt sag bloß, du findest den Club bescheuert? Die Musik ist gut, der Alkohol sowieso und dort hängen wenigstens Kerle herum, die mehr als 100.000 im Monat machen.«

»Darum geht's doch gar nicht.«

»Worum geht's dann?«

Na wunderbar. Was sollte ich darauf jetzt antworten?

»Findest du es nicht unprofessionell, wenn ich immer wieder in dem Club auftauche, den mein Anwalt auch immer besucht?«

Sie starrte mich mit gerunzelter Stirn an. Jepp, das Gesagte ergab auch für mich kaum Sinn.

»Ich glaube nicht, dass Julian damit ein Problem hat. Aber um dich zu beruhigen: Er ist heute mit Lilian auf irgend so einer

Veranstaltung. Julian wird nicht mal wissen, dass wir da sind. Versprochen. Jetzt zieh dir was an, ich will los.«

Ich schaute zum Fernseher. Johnny und Baby waren gerade dabei, sich zu küssen. *Kotz.* So etwas gab's auch wirklich nur im Film. *Ein ungleiches Paar bekommt das Happy End.*

Jetzt hatte Julian mir meinen Lieblingsfilm vermiest! Arschloch. Hatte ich schon gesagt, oder?!

Ich stand seufzend auf und dachte nur an eines: Wie konnte ich Sid unbemerkt entlocken, ob diese Lilian seine Freundin war oder eben nicht?

DREI STUNDEN SPÄTER

»Und dann hab ich mir immer wieder gesagt, dass es doch total egal ist, ob der Textmarker genommen wird oder nicht. Verstehst du, was ich meine?«

Sid sah mich mit offenem Mund an. Mir war klar, wie betrunken ich war. Und doch war es mir gerade scheißegal.

In der letzten Stunde hatte ich alles runtergeschluckt, was auf dieser bescheuerten Getränkekarte stand. Geschluckt? Ich kicherte. Wie witzig!

»Ich glaube, du hast genug.«

Sie hielt die Hand auf mein Glas.

»Hey, du wolltest doch, dass ich Spaß habe!«

»Ja, aber sicher nicht, indem du dich so abschießt, dass du nicht mehr weißt, wo oben und unten ist.«

Ich zog meinen Arm hoch.

»Oben.«

Dann legte ich meine Hand fast auf den Boden.

»Unten.«

Sid verdrehte die Augen.

Die Musik war verdammt laut und ich hatte keine Ahnung, was da gespielt wurde, aber dennoch wippte ich im Takt.

Ich hatte mich für ein dunkelblaues Kleid entschieden, das schon jahrelang in meinem Schrank hing und ich nie angezogen hatte. Dazu meine dunkelblauen High Heels. Top, konnte ich nur sagen!

Mir war schon klar, wieso Sid immer noch bei mir saß, anstatt mit irgendeinem Kerl zu flirten. Hatte ich schon gesagt, dass ich volljährig war? Vielleicht sollte ich ihr noch mal meinen Ausweis zeigen!

Ich riss meinen Drink wieder an mich und stürzte die dunkle Flüssigkeit mit einem Mal hinunter. Keine Ahnung, was das noch mal war.

»Mein Gott, Lexie. Jetzt reicht's aber mal!«

»Komm mal ... wieder ... runter ...«

O-okay, jetzt sprach ich schon verzögert. Mann, war das witzig!

»Das Einzige, was du noch trinken wirst, ist ein starker Kaffee.«

Ich wollte aufstehen, um die nächste Runde zu holen, aber der Boden wollte nicht so wie ich. Bevor ich mich versah, lag ich auf meinem Hintern und kicherte wie verrückt. Ich konnte es einfach nicht aufhalten. Ich kicherte und kicherte.

»Mensch, Lexie.« Sid kniete sich neben mich.

»Gibt es ein Problem?«

Ein riesiger Bulle stand vor uns und musterte uns skeptisch.

»Nein, nein. Sie hat nur etwas mit dem Alkohol übertrieben. Alles ist gut«, erklärte Sid und zog mich wieder hoch auf den Sessel.

»Mann, ist der groß.«

»Hör auf, Lexie. Sonst schmeißt der Kerl uns noch raus. Würden Sie uns vielleicht einen Kaffee besorgen? Damit meine Freundin hier wieder etwas klarer im Kopf wird? In dem Zustand will ich sie ungern in ein Taxi stecken.«

Was? Nach Hause? Nein, das wollte ich nicht. Der Bulle entfernte sich.

»Ich will nicht nach Hause.«

Bockig verschränkte ich die Arme vor meiner Brust.

»So wie du momentan drauf bist, schleife ich dich nirgendwo hin.« Sid sah mich besorgt an. »Ich hab dich noch nie so viel trinken sehen, Lexie. Ist es wegen Michael?«

»Wer ist Lilian?«

Ich wusste, sie war überrascht, aber das war mir gerade ziemlich egal. Ich wollte es jetzt wissen.

»Wer ist Lilian, Sid?«, wiederholte ich meine Frage und klang verzweifelter, als ich es eigentlich sein wollte. »Ist sie seine Freundin?«

Sid starrte mich eindringlich an.

»Frau?«, fragte ich entsetzt, als sie mir wieder keine Antwort gab.

»Quatsch!«

Das war doch eine gute Antwort, oder?

»Hier.«

Da tauchte wieder dieser Bulle auf, stellte irgendetwas auf unseren Tisch, blickte mich finster an und ging dann wieder.

»Danke.«

»Der mag mich nicht.«

Kindisch und überflüssig, ich hatte es trotzdem gesagt und hörte Sids Seufzen.

»Er ist Türsteher, Lexie. Er hat keine Meinung zu haben außer vielleicht der, dass du zu viel getrunken hast. Und jetzt trink den hier.«

Sie hielt mir die Tasse hin, die ich nur widerwillig annahm. Ich nippte daran, das war's auch schon. Ich war wirklich betrunken, denn der Kaffee schmeckte beschissen. Sonst liebte ich meinen Kaffee!

Ich wusste nicht, wie, ich wusste nicht, wann. Aber ich kam dank Sid an meiner Wohnung an. Sie zahlte das Taxi und half mir dann, überhaupt zum Haus zu kommen.

»Die Gegend kenne ich doch«, nuschelte ich, während ich meinen Arm auf ihre Schulter legte.

»Das ist auch deine Wohnung.«

»Wie viel hat sie getrunken?«

Ach du Scheiße. Was machte der denn hier?

Julian saß auf meinen Treppenstufen.

»Zu viel, wie du siehst«, antwortete Sid erschöpft.

»Ich bring sie rein.«

Er stand auf und kam auf uns zu. Julian trug einen Anzug, darüber einen Mantel. Oh Gott, er sah so toll auf. Seine Haare waren wie immer perfekt gestylt.

»Glaubst du, dass das eine gute Idee ist?«, fragte Sid und funkelte ihn böse an.

Was war ihr Problem?

»Solltest du nicht bei deiner Lilian sein?«, fauchte ich und hätte schwören können, dass der Satz mehr als eine Minute brauchte, um wirklich über meine Lippen zu kommen.

Oh Mann, war ich betrunken. Ein kurzes Kichern folgte.

Julian sah jetzt mich an, sein Blick war eisig. Oh ja, er war mehr als wütend. Aber wieso? Ich sollte doch auf ihn wütend sein. Genau!

Der Kerl rief mich nicht an, tat so, als würde ich nicht existieren, wenn ich anwesend war, und nicht zu vergessen, dass er den Kuss unterbrochen hatte. Arschloch!

»Ich kann alleine gehen.«

Ich riss mich von Sid los und stolzierte zu meinem Apartment. Ich wollte stolzieren, wirklich, aber alles, was ich konnte, war praktisch zu kriechen.

»Herrgott noch mal, Lexie!«

Ich spürte seinen Griff an meinen Hüften, und bevor ich überhaupt Einspruch erheben konnte, lag ich schon in seinen Armen. Ich schlang meine um seinen Hals und hielt mich fest. Sein Gesicht traf fast meines, so viel Schwung hatte er genommen. Mir stockte der Atem, als sich unsere Blicke begegneten.

»Ich trag dich, keine Widerrede.«

Es glich einem Befehlston. Ach, was machte ich mir vor, es war einer!

Mein Herz klopfte wie wild und dann noch mal schneller, als ich ihn roch. Sein Geruch war so männlich, dazu der starke Griff um mich. Er trug mich die Treppen hoch, als würde ich nichts wiegen.

Oh. Mein. Gott. Ich steckte in Schwierigkeiten. In großen Schwierigkeiten.

»Ich hab die Schlüssel.« Sid kramte in meiner Handtasche herum und schloss auf.

»Du kannst gehen, ich kümmere mich um sie.«

Wieder dieser Befehlston.

»Sicher?«, fragte Sid und ließ uns nicht aus den Augen.

Julian setzte mich aufs Sofa. Ich war froh, dass der Körperkontakt endlich vorbei war. Innerlich schrie ich zwar, er sollte mich wieder hochnehmen, aber das war nur mein Inneres. Ich schaffte das.

»Fahr nach Hause, Sid. Lexie sollte schlafen.«

»Werde ich nicht«, fauchte ich.

Er überhörte es und sah weiterhin Sid an.

»Du kannst fahren.«

»Du kennst ihre Geschichte, Julian. Vergiss das nicht.«

Sie sah ihn mit ernstem Blick an, winkte mir zu und ging.

Ich starrte ihn an, während er Sid nachschaute. Er kniff sich auf den Nasenrücken.

»Du kannst dann auch gehen! Ich brauche deine Hilfe nicht«, fuhr ich ihn an, als ich meine Schuhe auszog.

Oh Gott, taten meine Füße weh.

»Sei froh, dass Sid dabei war. Was hast du dir dabei gedacht, dich einfach so volllaufen zu lassen? Ist dir deine Sicherheit denn überhaupt nichts mehr wert?«

Jetzt sah er mich an. Sauer war er, kein Zweifel. Aber ihm deswegen Einhalt gebieten? Pah, wer war ich? Ich war betrunken, also konnte er ruhig kommen.

»Du hast mir gar nichts zu sagen. Sid wollte feiern, ich bin mitgegangen. Bleib mal locker, Daddy.«

Provozierte ich ihn? Jepp. War das Absicht? Aber so was von!

Er starrte mich weiter an und ich konnte schwören, dass seine Nase Rauchwolken produzierte. Wie witzig.

»Geh lieber zu deiner Lilian. Sie wärmt dir sicher schon das Bett.«

»Was?«

Ich überhörte seine Frage und stand auf, um endlich dieses Kleid loszuwerden. Also musste ich in mein Bad. Verflucht, wo war das noch mal? Ich glaubte, ich musste nach links. Oder doch rechts?

»Ich sagte …« Er stellte sich vor mich. » …was hast du da gerade gesagt?«

»Oh bitte, lässt du mich mal vorbei?«

»Lilian war nur meine Begleitung!«

Er war laut und wütend. Und doch wurde ich immer irritierter. Was sollte das denn jetzt?

»Ist mir egal, lass mich vorbei.«

Ich wollte mich an ihm vorbeidrängen, jedoch er ließ mich nicht.

»Was ist dein Problem?«, schrie ich.

Na toll, jetzt verlor ich noch die Kontrolle.

»Du bist mein Problem«, schrie er zurück.

Und dann, Stille. Wir beide schienen so erschrocken über unsere Wutanfälle zu sein, dass wir uns einfach nur anstarrten.

Nur leider begann der Alkohol, aus mir zu sprechen.

»Schön. Gut, dass wir das auch geklärt haben. Dann erkläre deiner Lilian bitte, dass du ab sofort kein Problem mehr hast. Denn es ist vorbei, Julian.«

Er zuckte kurz zusammen. Ich konnte es dennoch sehen.

Ich versuchte es noch einmal, er ließ mich vorbei und ich wankte langsam Richtung Badezimmer.

»Ich will einen anderen Anwalt. Und keine Angst, den such ich mir auch selbst. Ich möchte ja nicht, dass *dein* Problem noch länger als nötig als Klient in deiner Nähe bleibt!«

Ich wusste, ich war fies, und ich wusste, ich war betrunken, aber dass ich mich erst ignorieren lassen und mich dann noch als »sein Problem« beschimpfen lassen musste, war selbst für mich zu viel des Guten. Ich hatte die Schnauze voll!

Ich lief ins Bad, ohne diesen heißen Kerl noch mal anzusehen. Ich konnte eh nicht mehr klar denken. Für mich war die Sache gegessen.

Im Badezimmer starrte ich mich minutenlang im Spiegel an. *Gott, siehst du fertig aus, Lexie.*

Sah ich immer so aus, wenn ich getrunken hatte? Ich konnte mich nicht mehr an das letzte Mal erinnern, aber reichte das heute nicht schon?

Meine Augen waren total gerötet, meine Wimperntusche war verschmiert. Oh Gott, und so hatte mich Julian gesehen.

Ich versuchte, die Schminke loszuwerden, schmiss mir Wasser ins Gesicht, krabbelte aus diesem schönen, engen Kleid heraus und zog mir meine Jogginghose und ein Top an. Ja, jetzt fühlte ich mich langsam wieder wie ich. Die Lexie, die lieber zu Hause blieb.

Mein Mund war staubtrocken. Eben noch etwas trinken und dann ab in die Falle.

Das durfte doch nicht wahr sein!

Da stand Mr. *Du-bist-mein-Problem* tatsächlich immer noch in meinem Wohnzimmer! Er sah sich die Bücher und Bilder auf meinen Regalen konzentriert an.

Wut runterschlucken, nicht dran denken, dass er immer noch hier ist. Du wirst ihn schon los.

»Falls du nicht weißt, wie man eine Tür öffnet. Klinke in die Hand, runterdrücken, ziehen, schon bist du fertig.«

Ich wollte böse klingen, sodass er keine andere Wahl hatte, als meiner Aufforderung Folge zu leisten, aber das bekam ich nicht so wirklich hin.

Ich tapste zur offenen Küche, nahm mir ein Glas aus dem Schrank, hielt es unter den Wasserhahn und trank so hastig, dass ich kurz husten musste. Als ich immer noch keine Schritte Richtung Haustür hörte, drehte ich mich um. Der Kerl starrte immer noch meine Bücher an. Oder doch eher meine Bilder? Eines zeigte Sandy und mich, das andere war im Urlaub entstanden, mit meinen Eltern zusammen. Ich war vielleicht 16, ich wusste es nicht mehr genau.

»Keine Bilder mehr von Michael«, stellte er fest, sah aber nicht auf.

Ich konnte nur auf seinen Rücken schauen.

»Überrascht dich das?« Ich stellte das Glas hin.

»Du glaubst nicht, wie viele Scheidungen doch nicht vollzogen werden, weil die Frau es sich noch mal anders überlegt hat.«

Ging das schon wieder los.

»Ich bin sicherlich nicht eine von denen.«

»Er wird nicht so leicht aufgeben«, betonte Julian, drehte sich zu mir um und suchte meinen Blick.

Oh. Mein. Gott. Er war so attraktiv. Nein, ich schüttelte den Kopf und räusperte mich, um die Hitze loszuwerden, die mein Körper wieder einfing. Das war der Alkohol. *Jepp, Lexie. Eindeutig der Alkohol.*

Mein überaus heißer Anwalt war dafür sicher nicht verantwortlich. Ich sah zu ihm hin. Sein Blick durchbohrte mich. Scheiße. Dieser Blick war sicherlich auch nicht der Grund. Nein.

Ich fand in der Küche ein paar Utensilien, die ich belanglos vor mir herschob.

»Ich bin fit, du kannst gehen.«

Ja, kurz und schmerzlos. Dann würde er sicherlich gehen. Ich fragte mich sowieso, warum er nicht schon längst abgehauen war. Vor allem, wenn man bedachte, dass er heute wohl in Begleitung gewesen war. Toll, jetzt hatte ich die Bilder im Kopf, wie er diese Lilian berührte, obwohl ich sie nicht mal kannte.

Ich spürte seinen Blick immer noch auf mir ruhen, während ich die Zuckerdose hin und her schob. *Wie armselig, Lexie. Such dir mal was anderes zum Spielen, zum Beispiel deinen Anwalt. Psst, böse Gedanken, bescheuerte Gedanken.*

»Alles in Ordnung?«

Ich hatte gar nicht mitbekommen, wie Julian zur kleinen Kücheninsel gegangen war. Denn das war jetzt der einzige Gegenstand, der uns noch voneinander trennte. Beruhigend und zugleich beängstigend.

Er sah mich mitfühlend an. Machte er sich wirklich Sorgen? Musste er das? Sollte er das?

»Julian, solltest du nicht besser bei Lilian sein?«

Sein Blick verfinsterte sich innerhalb einer Sekunde. Wow, er war wirklich wandlungsfähig.

»Wieso erwähnst du sie die ganze Zeit?«

Okay, jetzt ging es wohl in die nächste Runde. Wenn er wollte, bitte.

»Keine Ahnung. Vielleicht, weil du vor meiner Haustür standest und dich vor meiner besten Freundin aufgeführt hast, als wäre ich ein kleines Kind.«

»Hast du das denn nicht?«, brummte er wütend.

»Oh, ich wusste nicht, dass ich gegenüber meinem Anwalt …« Ich versuchte, das letzte Wort gewissenhaft zu betonen, damit er mal klar im Kopf wurde. »… irgendwelche Gewissenskonflikte haben muss, wenn ich was trinken gehe.«

Ja, er zuckte zusammen. Diese Reaktion hatte ich nicht erwartet, eher einen dummen Kommentar. Oder nicht?

»Natürlich musst du das nicht«, antwortete er mir, aber es klang alles andere als selbstsicher. Und liebe Leute, wann war Julian Croft nicht selbstsicher? Kam das in seinem Universum überhaupt mal vor?

»Wo liegt dann das Problem?«

»Wo liegt dein Problem?«

Gegenfragen waren keine gute Sache. Das war mir im Laufe meines Lebens öfters zu Ohren gekommen und endeten immer nur in Katastrophen …

ZWEI JAHRE ZUVOR

»Wir sollten heiraten.«

Ich sah Michael mit großen Augen an, als wäre er verrückt geworden. Wie immer spuckte er diese spontane Idee sofort aus.

»Was?«

»Wieso nicht?« Er zuckte mit den Schultern, während er mich betrachtete.

Ich war gerade dabei, Frühstück für uns zuzubereiten. Stand vor dem Herd, er saß schon vor dem Tisch und trank seinen Kaffee.

»Weil wir uns erst ein paar Monate kennen«, betonte ich und versuchte, seinen verrückten Einfall gleich wieder zu vergessen.

»Und? Es klappt gut zwischen uns. Wir finden uns beide äußerst …« Er zwinkerte mir begierig zu. Ich schüttelte grinsend den Kopf.

»Das ist … verrückt.«

»Und?« Er stand auf und stellte sich neben mich. Neugierig sah er mich an. »Willst du mich heiraten, Lexie?«

»Sicher?«

»Wieso nicht?«

»Weil wir uns kaum kennen?«

»Irrelevant.«

Gott, wenn ich darüber nachdachte, war sein Antrag schon die reinste Verwirrung, voller Gegenfragen, weil ich mir absolut nicht sicher war. Diese Ehe war für Michael an dem Tag wie ein Geschäftsabschluss gewesen.

Ich wusste es. Aber irgendwas warnte mich nicht genug. Nicht mal der angebratene Speck an diesem Morgen konnte die Zweifel weiter in mir säen. Vier Wochen später hatte ich Michael geheiratet und alles nahm seinen Lauf.

»Ich hab kein Problem«, betonte ich mit so einer schroffen Stimme, dass ich mir selbst nicht mal glauben würde, wenn ich taub, stumm oder im Wachkoma wäre. Ausgerechnet wenn er, mein heißer Anwalt, über Gefühle und den Kram sprechen wollte, dachte ich daran zurück, was für eine falsche Entscheidung ich vor über zwei Jahren getroffen hatte ... Vielleicht würde ich jetzt nicht so bekloppt reagieren, wäre ich niemals so dumm gewesen.

Julians Blick wurde intensiver. Er wollte wissen, wieso ich so reagierte. Aber nur über meine Leiche.

»Du spinnst doch.«

Ich musste hier weg. Mein Fluchtinstinkt war durch Julian in neuen Dimensionen gebracht worden. Michael hatte schon viel in mir zerstört, aber Julian? Er brachte mich mit seinem Blick noch um.

Ich marschierte aus der Küche und suchte irgendwas.

Aah, meine Wolldecke lag noch völlig durcheinander auf der Couch. Gewissenhaft, wie ich nun mal war, begann ich, sie vernünftig zu falten.

»Ich habe dich was gefragt.«

»Und ich habe dir keine Antwort gegeben.«

Ich legte die zusammengefaltete Decke auf das Sofa zurück. Und plötzlich stand er so nah neben mir, dass ich seinen Atem hätte spüren können. Wenn ich nicht zu Boden gesehen hätte, dann ... *Sieh ihn nicht an, Lexie!*

Mein Herz schlug wie wild, sein Geruch löste das aus. Klar, ich fand Männerparfum schon immer atemberaubend. Es lag auf keinen Fall daran, dass Julian so nah neben mir stand. In einem maßgeschneiderten Anzug, mit perfekten Haaren, die ich natürlich jetzt nicht anstarrte. *Der Boden müsste mal wieder gewischt werden.*

»Du bist wirklich ein großes Problem«, raunte er mir zu.

Da war es schon wieder. Ich war ein Problem?

»Dann verschwinde.«

Ich riss meinen Kopf hoch, um ihn anzusehen. Aber statt mit Wut konfrontiert zu werden, schaute er mich an, als würde er etwas suchen.

Mein Apartment war still, ich hörte nur unseren Atem. War das verrückt? Kitschig? Aber so war es. Julian öffnete den Mund und ich zuckte leicht zusammen. Was hatte er vor? Mich küssen? *Bitte tu es.*

Nein, das durfte ich nicht wollen. Er würde mich zurückweisen. Das würde ich nicht noch mal durchstehen. *Moment, ich würde das nicht durchstehen? Wo kam das auf einmal her?*

Oh Mann, ich verwandelte mich wieder in die alte Lexie. In die Lexie, die einen Mann in ihrem Leben und ihr Herz ließ, der nicht gut für sie war. Wobei ich Michael nicht mal richtig losgeworden war. Der Kerl wollte sich nicht so schnell scheiden lassen. Und derjenige, der mir dabei helfen sollte, dass es doch schneller passierte als von Michael erhofft, war der Kerl, der für meinen wilden Herzschlag verantwortlich war.

Diesmal war ich es, die den Moment beendete. Wobei das natürlich kein Moment war.

»Du solltest gehen. Lilian ...«

»Verfluchte Scheiße noch mal.«

Er fuhr sich durch die Haare und ging ein paar Schritte auf und ab. Was war denn jetzt los?

»Ich weiß nicht, woher du das weißt, aber Lilian und ich waren nur aus. Nichts weiter. Meinst du, ich wäre sonst hierhergekommen? Als ich von Jack ...«

»Jack?«

»Der Sicherheitschef im Club«, erklärte er schroff.

Der Türsteher, der mir Kaffee besorgt hatte, hatte Julian angerufen? Meinetwegen? Wieso?

Ich musste mich setzen, denn so langsam drehte sich mein Apartment. Die Wände waren sicherlich nicht schuld. Wann gab es in New York denn mal Erdbeben?! Das Sofa gab meinem Hintern einen guten Halt.

»Er sagte mir, du bist total betrunken. Weißt du, was ich mir für bekloppte Gedanken gemacht habe? Du, betrunken, mit nichts weiter an als diesem Stück Stoff, den du Kleid schimpfst. Stell dir vor, Michael hätte dich so gefunden. Oder irgendein anderer Kerl, dem es scheißegal ist, wie betrunken du bist, oder der ein Nein nicht akzeptiert!«

»Sid war doch da.«

Meine Verteidigung klang kläglich, wirklich kläglich. Dieses Flüstern nannte man nicht Verteidigung! Aber Julian sah ehrlich sauer und bewegt aus. Das beunruhigte mich mehr, als ich zugeben wollte. Mist.

»Sid ist doch wohl kaum dazu geeignet, dich zu beschützen.«

»Und du bist es, oder was?«

Ich schrie ihn an, bevor ich bemerkte, was ich da gerade tat.

Seine Schultern lockerten sich und er blieb endlich stehen. Unsere Blicke trafen sich wieder.

Und da wurde mir etwas klar. Etwas, das für mich alles änderte und mich in noch größere Schwierigkeiten brachte.

Panisch stand ich auf und bereute es sofort. Der Boden schwankte wieder. *Egal, reiß dich zusammen.*

»Ich glaube, diese Unterhaltung sollte ich diesmal beenden, bevor noch etwas passiert, das du auf keinen Fall möchtest.«

Sprach ich hier indirekt aus, dass ich ihn küssen wollte? Vermutlich sogar dafür sorgen wollte, dass wir in meinem Schlafzimmer landeten? Jepp, aber das wusste er mit Sicherheit selbst schon. Immerhin ließ ich mich einmal von ihm küssen und ein zweites Mal suchte ich seine Nähe und wurde bitter enttäuscht. Und diese Pille jetzt zu schlucken, puh, das musste wohl sein. Denn dieser Mann hatte Regeln, so bekloppt sein Verhalten jetzt auch wieder war.

»Woher willst du wissen, dass ich es nicht möchte?«

Ach du Scheiße.

Ich hatte mit allem gerechnet, aber das jetzt? Seine Stimme klang felsenfest. Er hatte keinen Zweifel an seiner Frage. Aber sollte er das nicht?

»Du hast den Kuss unterbrochen.«

Ich biss mir wütend auf die Lippe. *Das* wollte ich wirklich nicht ansprechen und aussprechen sowieso nicht!

Er schloss kurz die Augen, als würde er sich sammeln wollen.

»Ich mache auch Fehler.«

Ich runzelte die Stirn.

Okay, verstand ich das richtig? Oder war das gerade Wunschdenken?

Sein Blick zu mir brach nicht einmal ab. Und das machte mich noch nervöser.

»Was heißt das denn jetzt?«

Ich war zu laut und klang verzweifelt. Mann, das war ich verflucht noch mal auch! Was hatte er denn erwartet?

Es war mitten in der Nacht. Ich war angetrunken oder betrunken und er haute da ein Dingen nach dem anderen raus und sah dann auch noch so verdammt heiß aus. Und ich? Ich war fix und alle.

»Okay, Alexandra. Wieso sind Sie heute hier?«

Ich saß Doktor Evans gegenüber. Meiner Psychologin. Jepp, ich saß tatsächlich wieder beim Seelenklempner. Aber konnte mir das jemand verübeln?

Ich verschränkte die Arme vor der Brust, faltete meinen Spitzenrock und seufzte frustriert auf. Deswegen war ich hier. Ich war frustriert.

Dr. Evans saß mit einem Block in der Hand ruhig in ihrem Sessel. Sie hatte einen schwarzen Hosenanzug an, trug eine Brille, einen ordentlichen Dutt und sah halt aus, wie man sich eine Akademikerin vorstellte, die hundertfünfzig Dollar pro Stunde damit verdiente, dass Leute mit ihr über ihre Probleme sprachen.

»Wo soll ich anfangen?«

Sie zuckte mit den Schultern.

»Vielleicht sollte ich fragen, wieso Sie jetzt erst wiederkommen?«

Musste sie das ansprechen?

Ja, ich war zwei Tage nach Michaels Angriff bei ihr und kam nicht mehr wieder. Sid erzählte ich, dass ich danach noch ein paarmal bei ihr war. Wieso ich gelogen hatte? Ihr kennt doch Sid!

»Da gibt es diesen Mann.«

»Ihren Exmann?«

Ich schüttelte hastig den Kopf.

»Nein, nein. Erwähnen Sie bloß nicht Michael.«

»Einen anderen Mann?«

»Wieso schauen Sie mich so an?«

Dr. Evans zuckte kurz zusammen. Dann sah ich nur Verwirrung in ihrem Gesicht.

»Wie schaue ich denn?«

»Na, als ob Sie sich fragen, wieso ich drei Monate nach der Trennung schon von einem anderen Mann spreche.«

Sie schob ihre Brille wieder näher an ihre Augen.

»Ich frage, weil Sie darüber sprechen wollen. Mein letzter Stand war, dass Ihr Ehemann Sie physisch und psychisch enorm verletzt hat, Alexandra. Deswegen habe ich nachgefragt, wen Sie meinen.«

Ich seufzte. Sie wollte wirklich nur nachfragen. Wie sollte sie auch wissen, was ich in den letzten drei Monaten erlebt hatte?

»Entschuldigung.«

»Vielleicht erzählen Sie einfach mal, worum es genau geht. Ich höre zu.«

Dr. Evans faltete ihre Hände und sah mich an. Ja, das war ihr Job.

Ich erzählte von allem. Wie ich zu Sid zog. Sie mit mir Julian besuchte. Die seltsame Spannung zwischen uns. Michaels Stalking-Versuche.

»Und dann stand er vor zwei Wochen plötzlich vor meiner Tür und hat sich aufgeregt, dass ich getrunken hatte. Ich meine, welcher Anwalt tut so etwas? Selbst in meinem Apartment sprach er immer in Rätseln, wollte nicht mal mehr gehen, als ich ihm klargemacht hatte, dass es mir gut ging.«

Ich holte tief Luft. Ich musste schon eine halbe Ewigkeit erzählt haben.

Dr. Evans schrieb immer mal wieder etwas auf. Ich ignorierte es.

»Und dann?«, fragte sie mich, als ich nicht weitersprach.

»Nichts. Er hat irgendwas Zweideutiges erzählt, seine blöden Regeln erwähnt und ist dann abgehauen. Wieder mal.«

Frustriert darüber lehnte ich mich in die Couch zurück.

»Los, raus damit. Ich bin verrückt nach einem Mann, der mich offensichtlich nicht haben will. Sie können es ruhig sagen.«

Dr. Evans schmunzelte, nahm die Brille ab und spielte damit herum. So sah sie viel jünger aus, nicht mehr so bieder.

»Erinnern Sie sich noch an unsere erste Sitzung, Alexandra?«

Ich nickte, wusste aber nicht genau, worauf sie hinauswollte.

»Sie waren damals fix und fertig. Kein Wunder, Ihr Exmann hat Ihnen vieles zugemutet. Sie waren schüchtern, verängstigt und gezeichnet.«

Ich musste schlucken. Ja, so würde ich das auch beschreiben.

Dr. Evans sah mich an und zeigte mit der Brille auf mich.

»Sie versteckten Ihre Wunden im Juli unter einen dicken Schal. Schämten sich für das, was Ihnen angetan wurde. Ich wollte Ihnen Tabletten verschreiben, damit Sie in der Nacht wenigstens etwas zur Ruhe kommen.«

Wieder nickte ich und blieb stumm. Worauf wollte Sie hinaus?

»Und jetzt sitzen Sie drei Monate später wieder bei mir.«

Sie seufzte, lehnte sich in den Sessel zurück und fixierte mich.

»Sie haben Ihren Exmann kaum erwähnt. Und wenn, nur beiläufig. Als wäre er eine Nebensache. Was er wohl auch mittlerweile geworden ist.«

Sie klang stolz.

»Sie sind alles andere als verschüchtert. Sie schauen mir in die Augen, Ihre Körperhaltung ist offen, Sie haben keinerlei Furcht mehr vor dem, was passiert ist. Ich hätte das nicht gedacht, als Sie anriefen, um einen neuen Termin auszumachen.«

»Meinen Sie das ernst?«

Sie schnaubte.

»Darauf können Sie sich ruhig was einbilden, meine Liebe. Nicht selten habe ich hier Patienten sitzen, die nach so einer schlimmen Erfahrung vollkommen am Ende sind.«

Ich biss mir auf die Innenseite meiner Wange. Sie hatte recht.

Ich dachte kaum noch an Michael. Und wenn, war da nur die Wut, die in mir brodelte. Ich wollte endlich diese Scheidung durch haben. Doch von Julians Kanzlei hatte ich bisher nichts mehr gehört. Ich wusste, dass so eine Scheidung dauern konnte – es waren erst drei Monate –, aber allein dass sich das alles verzögerte, weil dieser Dreckssack meine Wohnung haben wollte. *Meine Wohnung.* Das brachte mich zur Weißglut!

»Glauben Sie, es ist zu früh?«

Diese Frage wollte ich schon die ganze Zeit stellen.

»Zu früh, um sich in einen anderen Mann zu vergucken?«

Sie verstand wirklich etwas von ihrer Arbeit. Ich nickte, sah sie aber nicht an.

»Ich denke, dass Ihre Ehe schon vor dem Vorfall kaputt war, Alexandra. Und das wissen Sie.«

Stimmt.

»Sie fühlen sich zu Julian hingezogen.«

Gott sei Dank nannte sie ihn beim Vornamen und nicht *»meinen Anwalt«.*

»Sie sind Single. Sie haben etwas Schlimmes erlebt, ja, aber wenn Sie glauben, es ist verwerflich, sich nach einer gescheiterten Ehe neu umzuschauen? Was sollte daran falsch sein?«

»Wieso ausgerechnet der Kerl, der sich selbst ›Regeln‹ aufgestellt hat?«

Dr. Evans schmunzelte schon wieder.

»Wenn er verletzt wird, sucht sich der Mensch oft Dinge, die ihn daran hindern, den Fehler ein zweites Mal zu begehen.«

Ich verstand, was sie mir sagen wollte. Jackson erwähnte schon im Nachtclub, dass Julian seine Regeln nicht umsonst aufgestellt hatte.

»Vielleicht sehen Sie sich einfach noch mal um?«

Ihre Frage ließ mich aufhorchen.

»Umsehen?«

»Es gibt noch andere Männer, Alexandra. Vor allem hier in New York City. Sie müssen keine überstürzte Beziehung mit jemandem eingehen, das sage ich nicht. Aber vielleicht sehen Sie sich um und bemerken, dass vielleicht einfach mal ein paar Dates genau das Richtige für Sie sind. Ungezwungen, einfach einen schönen Abend verbringen.«

Skeptisch sah ich sie an. Meinte sie das ernst? Sid würde ihr vermutlich für diesen Tipp einen Bonus zahlen, sie umarmen und fragen, ob sie nicht schon ein paar Nummern potenzieller Dates hätte. Wobei, Sid hätte vermutlich genug Kerle, die sie mir aufzwingen würde. Oder umgekehrt.

»Was machst du heute Abend?«

Sean beugte sich wie immer zu mir herunter, als ich mir meinen Kaffee eingoss. Das Lehrerzimmer war voll, es war Pause. Ich sah in seine blauen Augen und er grinste, wie immer, wenn er mich anbaggerte.

»Nichts mit dir«, antwortete ich ebenfalls grinsend.

»Ach, komm schon.«

Er lehnte sich wieder zurück gegen die Küchenzeile, verschränkte die Arme vor der Brust und sah sich im Raum um.

»Wie lange willst du noch so tun, als würdest du dich nicht mit mir verabreden wollen?«

Dieser arrogante, kleine Dreckskerl. Und doch schmunzelte ich wie verrückt. Sean hatte was, keine Frage. Er trug zwar ein biederes Hemd, das den Lehrer voll raushängen ließ. Aber wir waren auch mit die Jüngsten hier. Wenn er sich nicht so anziehen würde, hätten die anderen sicherlich ein Problem damit, ihn ernst zu nehmen.

»Ich muss heute ein paar Tests korrigieren.«

Das war die Wahrheit.

Er starrte mich intensiv an und versuchte wohl, eine Lüge zu entdecken.

»Okay, dann komm ich heute Abend einfach bei dir vorbei und

bring was zu essen mit, damit du während der Arbeit nicht verhungerst.«

Verdammt, er war gut.

»Ich muss mich konzentrieren.«

»Ich auch. Hab noch ein paar Referate, die ich durchsehen muss. Ich bringe die dann einfach mit. Dann arbeiten wir zusammen und, na ja, dann essen wir den Rest und quatschen ein bisschen.«

Wieso glaubte ich ihm kein Wort? Lag es vielleicht an seinem verschmitzten Lächeln? Oder daran, dass Sean mich mit seinem Blick fast durchbohrte? Er wusste genau, wie er auf Frauen wirkte. Verdammt.

»Du lässt nicht locker, oder?«

Er grinste noch breiter.

»Niemals.«

Was sollte ich dazu sagen? Vor vierundzwanzig Stunden erklärte mir meine Psychologin noch, dass ich mich umsehen sollte. Sie hätte mir auch gleich sagen können, dass Julian mein Anwalt war und nichts weiter. Er war tabu. Das tat sie natürlich nicht. Aber hundertfünfzig Dollar zahlen und ihren Rat einfach ignorieren?

»Okay, komm um sechs. Ich liebe chinesisch und thai und hasse indisches Essen.«

Er nickte. Wir sahen uns noch einen Moment lang an. Als er mir dann zuzwinkerte und sich verabschiedete, war mir die Nähe zu ihm bewusst geworden. Mein Puls blieb ruhig, das Kribbeln auf meiner Haut war kaum spürbar. Obwohl er mir immer so nah kam.

Ich zuckte nachdenklich mit den Schultern. Was noch nicht war, konnte ja noch werden.

Um halb sechs saß ich schon an meinen Tests. Ich hatte mich zwar umgezogen, aber mehr als eine feinere Jeans und Bluse wollte ich dann doch nicht anziehen. Es war ja kein Date. Sean wollte Essen mitbringen und hier arbeiten. Hallo? Das war alles andere als ein Date.

Ich saß an meinem Schreibtisch, der direkt am Fenster stand. Ich liebte es, hinaussehen zu können, um zu beobachten, dass die Welt sich weiterdrehte, während ich hier meiner Leidenschaft nachging: verzogenen Kids das Einmaleins beizubringen.

Und wirklich: Seit ein paar Wochen konnte ich meinen Job wieder genießen. Ich hatte durch den ganzen Mist mit Michael vergessen, wie schön es war, einfach in der Klasse zu stehen und den Kids etwas beizubringen.

Immer wieder bemerkte ich, wie wichtig diese Scheidung doch war. Für mich, für meinen Job, für mein Leben.

Ich sah hinaus und genoss die letzten Sonnenstrahlen für heute. Der Herbst würde bald richtig Einzug einhalten in New York. Eine schöne Jahreszeit.

Das Klopfen an der Tür riss mich wieder aus meinen Gedanken. Sean war zu früh!

Als ich die Tür öffnete, kam auch schon Sid hereinspaziert.

»Ich verzeihe dir.«

Kein »Hallo«, kein »Danke, dass du die Tür öffnest«. So typisch Sid!

»Ähm ... gut. Und wieso?«

»Du gehst mir aus dem Weg«, erklärte sie und ließ sich seufzend auf meiner Couch nieder.

Wie immer war sie perfekt gestylt. Kurzes Schwarzes, einen Mantel darüber, Pumps, perfekt geschminkt. Mann, ich sah neben ihr aus wie ein Penner.

»Ich gehe dir nicht aus dem Weg.«

Doch, tat ich.

»Lügnerin.« Sie sah sich um. »Was machst du? Ich dachte, wir könnten was essen gehen. Dann was trinken und die Nacht zum Tag machen.«

»Ich kann nicht.«

Sag ihr nicht, was du vorhast. Sie wird es gegen dich verwenden und dich aushorchen, bis du gestehst, dass du auf deinen Anwalt stehst. Der wohlgemerkt ihr Bekannter war. *Dann würde sie dich nie wieder damit in Ruhe lassen.*

Ich setzte mich wieder zum Schreibtisch, meine Brille noch auf der Nase.

»Ach, komm schon. Wir haben Freitag. Das Zeug da kannst du auch noch am Sonntag erledigen.«

»Geht nicht!«

»Mann, du bist wieder so eine Spielverderberin. Aber gut, wenn du unbedingt hierbleiben willst ...«

Sie zog ihren Mantel aus und ließ sich ganz auf die Couch fallen.

»Ähm ... was wird das?«

»Na, ich bleib hier. Eigentlich wollte ich dich erst betrunken machen. Obwohl ... hast du Wein da, dann könnte ich zumindest diesen Plan noch durchziehen?«

Musste ich Sid verstehen? Verstand sie überhaupt jemand?

»Wovon redest du eigentlich?«

»Na ja, es ist offensichtlich, dass du ein Auge auf Julian geworfen hast. Und noch deutlicher wurde es, als du im besoffenen Zustand unbedingt wissen wolltest, ob er dich mag oder nicht. Nicht zu vergessen diese wunderbare Szene vor und in deiner Wohnung. Wirklich, es war echt süß mitanzusehen, wie Julian den schwarzen Ritter gespielt hat, um dich retten zu wollen.«

Blieb mir der Mund offen stehen? Jepp.

Verlor ich vor Schock vielleicht ein bisschen Spucke? Aber so was von!

»Das ist ... doch völliger Quatsch!«

Gott, war ich schlecht. Grottenschlecht!

»Gib dir keine Mühe. Jeder Blinde sieht, dass da etwas zwischen euch läuft.«

Erschrocken stand ich auf.

»Bist du verrückt? Da läuft gar nichts!«

Sie sah über die Couch und betrachtete mich interessiert.

»Echt gar nichts?«

Wunderbar! Selbst sie konnte es nicht fassen.

»Nein.«

Aber es war ein klägliches Nein und meine Enttäuschung konnte man auch heraushören. Katastrophe, ehrlich.

»Mhm ... mach dir nichts draus, Lexie. Julian ist ... etwas gebrandmarkt.«

Sie setzte sich wieder nach vorne. Aha. Sie wusste also etwas!

»Das heißt?«

Sie zuckte mit den Schultern.

»Du bist nicht die Einzige, die beschissene Entscheidungen gefällt hat.«

Sid nahm sich eine Zeitschrift von meinem Tisch und studierte sie.

»Moment, was soll das heißen?«

Benahm ich mich verrückt? Konnte man wohl sagen.

War mir das gerade egal? Aber sicher doch!

Hastig setzte ich mich ihr gegenüber in den Sessel. Nahm ihr sogar die Zeitschrift weg, damit sie mir endlich mal richtig zuhörte.

»Was weißt du?«

»Was willst du denn wissen?«

Belustigt musterte sie mich.

»Gott, Sid, tu mir das nicht an.«

Theatralisch ließ ich mich in den Sessel zurückfallen.

Ich wusste ja selbst, dass ich gerade total bescheuert reagierte. Aber sie wusste etwas! Etwas, das mich vielleicht verstehen ließ, wieso Julian so war, wie er nun mal war!

»Zuerst solltest du mir mal sagen, was da jetzt zwischen euch beiden gelaufen ist.«

Oh Gott. Ich wusste es.

»Gar nichts.«

»Ach, komm schon. Und was war das im Club oder als er hier vor deiner Tür stand?«

Ich zuckte mit den Schultern.

»Das ging alles von ihm aus. Und ... na ja, ich mag ihn ... nur er ist so ... und ich bin dann ... aaarghh.«

Ich vergrub mein Gesicht in den Händen. Diese ganze Sache war doch nicht mehr normal.

»Ich habe keine Ahnung, wovon du sprichst.«

»Das weiß ich doch selbst nicht, Sid.«

»Ruf ihn doch einfach mal an.«

»Ihn anrufen? Na klar, Sid. Wieso bin ich da nicht selbst drauf gekommen? Dir kam er aber auch nicht mit den bescheuerten Regeln, die er sich aufgestellt hat.«

Sid verdrehte die Augen.

»Vergiss die Regel mal.«

»Du weißt davon?«

»Sicher, jeder kennt sie. Denn jeder kennt die Geschichte dahinter.«

Mein Herz begann mit Höchstgeschwindigkeit zu pumpen.

»Was meinst du damit?«

»Julian ließ sich vor drei oder vier Jahren, ja, das müsste … keine Ahnung wann gewesen sein, jeder hatte auf einmal diese Siebzigerjahre-Hosen wieder rausgeholt. Alle dachten, sie wären wieder trendy, aber ich sag dir, das waren sie nicht.«

»Sid!«, sprach ich dazwischen.

Sie verfiel wieder in ihr Geschwafel.

»Sorry. Na ja, Julian lernte da diese Tussi kennen. Heiß, neu in der Stadt, wollte sich scheiden lassen. Sie suchte einen Anwalt, der die Sache für sie erledigen sollte. Am Ende bändelte er mit ihr an. Die beiden waren wirklich verknallt, also Julian auf jeden Fall. Das erste Mal so richtig. Ich hatte ihn vorher noch nie so gesehen. Er hat alles für sie getan.«

Wieso dachte ich immer, dass so eine Geschichte meist nicht gut ausging? Sids wehmütiger Gesichtsausdruck jedenfalls ließ die Vermutung Wahrheit werden.

»Die beiden heirateten, und was tut dieses Miststück? Ein Jahr nach der Hochzeit kommt raus, dass sie jedes Wochenende nicht in einen Spa gefahren ist. Nein, das Waldorf Astoria wurde besucht, wenn du verstehst, was ich meine.«

»Oh mein Gott.«

»Das kannst du laut sagen. Ich hab sie erwischt. Mit irgendeinem Reichen, na ja … Idioten. Sie dachte wohl, ich würde die Klappe halten. Aber sie konnte eh niemand leiden. Julian war zu gut für sie, das war jedem klar. Und doch dachten wir, Jules würde ihn glücklich machen. Ja, weit gefehlt. Sie beichtete sofort. Was blieb ihr auch anderes übrig? Die Hotelkameras hatten sie ja auch aufgenommen. Julian schmiss sie sofort raus. Die Scheidung war vor über einem Jahr.«

Was war schlimmer? Dass er bereits verheiratet gewesen war und sich schwor, nie wieder zu heiraten? Das war doch die Konsequenz daraus, oder? Den Fehler nicht ein zweites Mal zu tun? Oder, dass er mich niemals anfassen würde, weil er dachte, ich wäre am Ende genauso wie seine Exfrau? Wie hieß sie? Jules …

»Julian war nicht so, wie du ihn jetzt kennst. Er war früher wirklich locker. Doch das mit ihr hat ihm den Rest gegeben. Er will nicht, dass ich darüber rede, deswegen behalte das bitte für dich.«

»Sicher.«

»Da wäre noch was …«

Bevor sie weitersprechen konnte, hörten wir vor der Tür wütende und laute Stimmen.

»Was zum Teufel ist da los?«

Wir beide standen auf und ich öffnete die Haustür.

Sean stand direkt vor den Treppen, bepackt mit zwei Tüten. Unserem Essen, wie ich dachte. Er sprach mit einem Kerl im Anzug, den ich noch nie zuvor gesehen hatte.

»Sean?«

Er sah auf und seufzte erleichtert.

»Lexie. Könntest du dem Typen bitte mal erklären, dass du mich erwartest?«

»Was?«, fragten Sid und ich im Chor.

»Er sagt, ich wäre nicht registriert. Dürfte also nicht in deine Wohnung?«

»Das ist ein Scherz?«

Ich sah den fremden Kerl an. Er war groß, muskulös und blickte so brummig, wie ich mich gerade fühlte.

»Komm rein, Sean. Das ist doch lächerlich.«

Ich ging die Stufen hinunter, um mir den Typen genauer anzusehen.

»Hey, wer sind Sie?«

Sean sah ihn fragend an, schien sogar etwas wütend.

Der fremde Kerl starrte mich an, als wäre ich hier diejenige, die was falsch gemacht hatte.

»Geben Sie mir mal eine Antwort?«

»Ich bin nicht befugt, Ihnen zu sagen, wer mich beauftragt hat, Ihr Apartment im Auge zu behalten.«

Ich drehte mich herum, um Sid anzuschauen. Sie zuckte auch nur unwissend mit den Schultern.

Was lief hier?

»Sie sollen also hier stehen? Und was tun? Jeden, der mich besucht, überprüfen, oder was?«

»Nicht jeden, Ma'am. Nur männliche Besucher zwischen 25 und 35 Jahren.«

Ich lachte kurz auf. Das sollte doch ein Scherz sein.

War es aber nicht. Die Miene des Typen blieb total ernst.

»Okay, das ist nicht mehr witzig. Wer ist Ihr Auftraggeber?«

Oh Gott, es war Michael. Das musste er einfach sein!

»Tut mir leid ...«

»Ja, ja, rufen Sie ihn an.«

»Bitte, Ma'am?«

Dieser Kerl brachte mich noch um.

»Rufen Sie diesen Idioten an. Sagen Sie ihm, ich will mit ihm reden, dann kann er immer noch sagen, er will mich nicht sprechen. So oder so, Sie werden ihn jetzt anrufen!«

Ich verschränkte meine Arme gekonnt vor der Brust. *Jetzt setz deinen bösen Blick auf und warte ab.*

Sean stand noch immer neben mir. Er schien auch wissen zu wollen, was das alles sollte. Peinlich genug, aber wenn es Michael war, hatte ich was gegen ihn in der Hand. Wie krank war das bitte?

»Ihr Auftraggeber oder die Polizei«, drohte ich gekonnt.

Und tatsächlich, dieser Kerl, der so breit war wie ein Schrank, griff nach seinem Handy. Er wählte und wartete ab.

»Ja, Sir, Roberts hier. Also ... Miss Pike möchte Sie gerne sprechen.«

Jetzt brach die raue Mauer des Kerls. Er wurde richtig blass, nickte immer hastiger. Was sollte dieser Scheiß?

Ich wusste, ich war keine 1,90 und wog keine hundert Kilo wie der Brocken vor mir. Aber ich war flink. Also packte ich mir das Handy und hatte Michael endlich am Hörer.

»So, du Mistkerl. Was soll das?«

»Lexie ...«

Ich sah zu Sid und hörte auf zu atmen. Das durfte doch wohl nicht wahr sein!

Der Brocken wollte mich gerade noch aufhalten, bemerkte aber wohl schon, dass ich ganz genau wusste, wer da an der anderen Seite der Leitung war. Ich war mit Sicherheit genauso blass wie er gerade.

Es war mir scheißegal, dass er meinen Namen so entschuldigend aussprach, dass es womöglich jeden berührt hätte. Mich machte das nur noch wütender.

»Du lässt meine Wohnung ausspionieren?«, schrie ich in den Hörer.

Mir war egal, wer zuhörte. Das ging einfach gar nicht!

»Ich tue das zu deinem Schutz ... Michael ...«

»Oh nein, mein Freund. Benutze nicht meinen Exmann, um dich damit rauszureden. Mit Sicherheit hast du deinem Personal ein Bild von Michael zukommen lassen.«

Ich sah den Brocken an, er sah mir nicht in die Augen. Bingo, sie hatten ein Bild von Michael.

»Ich glaub das nicht. Du willst nicht, dass ich überhaupt männlichen Besuch bekomme? Spinnst du jetzt total?«

Kein Ton kam von ihm. *Das war doch unglaublich!*

Er tauchte vor meiner Schule auf, im Club, bei mir zu Hause, küsste mich, schob mich von sich, hatte Regeln. Und jetzt wollte er nicht zulassen, dass ich überhaupt andere Männer kennenlernte? Dieser Mistkerl!

»Du wirst diesen Schrank sofort zurückrufen. Du hast kein Recht ... nein Moment, du hast gar kein Recht auf mich. Falls du es vergessen hast, ich hab da schon einen Ex, der nicht mehr alle Tassen im Schrank hat. Einer reicht.«

»Lexie ...«

»Und jetzt entschuldige mich. Ich habe ein Date.«

Und wie gut die letzten Worte taten. Ich grinste Mr. Schrank scheinheilig an, als ich ihm sein Handy wiedergab.

4

JULIAN

»Okay, Mr. Croft. Wieso sind Sie hier?«

Dr. Evans faltete die Hände in ihrem Schoß und sah mich abwartend an. Ich musterte das Sofa, auf dem ich saß. Es hatte verdammt noch mal ein Blümchenmuster. Blümchen!

Ich hätte den Psychologen um die Ecke aufsuchen sollen. *Obwohl, wenn dich jemand sieht, bist du erledigt.*

»Ich brauche Schlaftabletten.«

Ihre Augen begannen zu funkeln.

»Schlaftabletten? Wieso das?«

Großer Gott, müssen solche Leute immer alles klar gesagt bekommen?

»Hören Sie. Ich schlafe seit Tagen beschissen. Ich brauche irgendetwas …«

Ich kniff meinen Nasenrücken und versuchte mich kurz zu sammeln. *Lexie bringt mich noch ins Grab!*

»Okay, Mr. Croft. Ich kann Ihnen nicht einfach Tabletten aufschreiben. Wir sollten erst mal …«

»Meine Güte. Ich hätte wirklich in die Klinik in der Oakstreet gehen sollen. Für einen Hunderter hätte da sicher irgendjemand …«

»Wie bitte?«

Dr. Evans sah mich verständnislos an. Mann, sie mochte ja mal eine schöne Frau gewesen zu sein, aber diese Frisur und die Brille … puh, die dreihundert Dollar, die sie die Stunde verlangte, sollte sie auch mal ausgeben.

Sie schob sich die Brille wieder richtig auf die Nase und öffnete den Block auf ihrem Schoß.

»Sie haben für die ganze Stunde gezahlt, Mr. Croft. Nutzen Sie sie einfach. Vielleicht schreibe ich Ihnen etwas auf, das Sie über die Nacht hin etwas beruhigt. Aber dazu muss ich erst mal wissen, worum es geht.«

Beruhigt? Ich will schlafen, verdammt noch mal! Seit über einer Woche funktionierte ich nur noch. Nachts lag ich so lange wach, bis die verfluchte Sonne wieder am Horizont erschien und ich im hauseigenen Fitnessstudio so lange gepumpt hatte, bis es zur Arbeit ging. Früher mochte das ja mein Leben gewesen sein, aber nicht mal irgendeine andere Frau machte mich noch an. *Wenn ich wenigstens den Druck in den Lenden in irgendeine Tussi pumpen könnte, aber nein, ich sehe ja nur noch Lexie vor mir!*

Ich sah zur Wand. Dort hingen ihre Diplome ... *Doktor in Stanford gemacht ...*

»Sie wissen, wer ich bin?«, fragte ich sie und schlug die Beine übereinander.

Ich war direkt von der Kanzlei hierhergefahren und trug noch meinen Anzug.

Dr. Evans nickte.

»Sie sind Anwalt.«

Der beste. Aber das tat jetzt nichts zur Sache.

»Jahrelang ging es nur um meine Karriere. Selbst in meiner Ehe war die Kanzlei, die Arbeit, meine Nummer eins.«

Hau es raus. Sie muss den Mund halten, du musst es loswerden!

Ich fuhr mir durch mein Haar.

»Da gibt es diese Frau ... glauben Sie mir, Sie ist ... verstehen Sie mich nicht falsch. Sie ist wunderschön.«

Ich dachte an ihre Grübchen, die immer dann auftauchten, wenn sie wie ein übertriebenes Honigkuchenpferd lachte. Ich stimmte gedankenverloren mit ein.

»Aber sie ist so anstrengend. Gibt ständig Kontra, hört auf nichts, was ich sage. Ihr Dickkopf ist einfach unmenschlich. Ich meine, wenn sie Lust hat, schreit sie mich einfach mal an. Sie hat schon so viel durch und doch ...« Ich schüttelte den Kopf. »Sie lebt einfach, verstehen Sie?«

Ich sah Dr. Evans an, die mir einfach zuzuhören schien. Ihre Miene war ausdruckslos. Wer wusste schon, wie oft sie sich so eine bescheuerte Story anhören musste? Wahrscheinlich täglich.

»Sie ist anders«, sprach sie dazwischen.

»Ja. Anders als jede Frau, die ich je getroffen habe.«

»Und was ist das Problem?«

Ja, was war das Problem?

»Fragen Sie mich was Leichteres.«

Ich beugte mich vor und hielt mir meinen Kopf.

»Sie waren bereits verheiratet«, schlussfolgerte sie.

»Bingo. Einmal zu viel«, gab ich sarkastisch zurück.

»Und ich nehme an, dass Sie das sehr geprägt hat.«

Ich lehnte mich wieder zurück.

»Ich dachte immer, dass meine Ehe richtig war. Dass ich, na ja, dass ich es richtig gemacht habe. Aber seitdem ich Lexie kenne ... Ich weiß einfach, dass das mit Jules keine ehrliche Beziehung war. Wir lachten nie, wir unterhielten uns kaum. Es ging nur um Sex und dass sie halt neben mir stand ... wenn es darauf ankam. Das ist doch keine wirkliche Ehe gewesen.«

Dr. Evans blieb wieder ausdruckslos, sah mich aber an. Was war das hier? Ich war doch bei einer Psychologin, oder?

Ich spielte mit meinen Händen herum.

»Mit Lexie ... ich habe meine Regeln jetzt über einem Jahr ohne Probleme eingehalten. Es tauchte keine Frau auf, die mir ... so unter die Haut ging.«

»Konkretisieren Sie bitte ihre Regeln.«

»Eigentlich ganz simpel. Arbeit und Vergnügen werden nicht miteinander vermischt und ...« Ich schaute auf und sah ihren interessierten Blick. »Und verliebe dich nie wieder«, murmelte ich nur noch vor mich hin.

Sofort fing sie an, etwas auf ihren Block zu schreiben.

»Was tun Sie da?«, fragte ich neugierig.

»Also.«

Sie sah auf und schien meine Frage rigoros zu ignorieren.

»Vorweg. Ich werde Ihnen nichts aufschreiben. Keine Schlaftabletten, keine Beruhigungsmittel. Aber!«

Sie hob abwehrend die Hand, bevor ich etwas erwidern konnte.

»Sie kommen jetzt einmal die Woche her. Den Termin können Sie vorne bei meiner Sekretärin machen. Und ich werde Ihnen noch eine Aufgabe geben.«

Aufgabe?

»Sie haben Angst. Angst, dass Sie wieder in etwas investieren, das sich nicht lohnen könnte. Aber das, was ich bereits von ihrer Lexie gehört habe, sagt mir etwas ganz anders. Sie wissen, dass es sich lohnen könnte. Denn Sie geht Ihnen unter die Haut.«

Dr. Evans lächelte mich liebevoll an. Mir blieb der Mund offen stehen.

»Denn das macht Ihnen wirkliche Angst. Dass sie mehr investieren könnten als sie.«

Eine weitere Woche später ging es mir nicht besser. Wieder waren zwei Wochen rum, ohne dass ich sie gesehen hatte. Der Abstand war gewollt, das wusste ich ja selbst. Aber es fiel mir immer schwerer, diesen auch einzuhalten.

Du hättest ja auch zu ihr gehen können.

Jeden Tag. Jeden verfluchten Tag dachte ich an sie, obwohl ich das nicht sollte. Ich sah sie in diesem verdammt kurzen Kleid in meinem Club tanzen. Ich dachte an den Kuss, den ich ihr nicht hätte geben sollen. Nicht zu vergessen, den Kuss, den sie mir geben wollte. Den ich aber stoppte. Hätte ich das nicht getan, hätte ich sie mitgenommen und es wäre nicht bei dem Kuss geblieben. Das wusste ich.

»Julian, hey!«

Erst jetzt sah ich Jackson in meinem Büro stehen. Er blickte mich skeptisch an. Klar, ich träumte auch wie ein Vollidiot vor mich hin. Schon wieder!

»Alles klar mit dir?«

»Natürlich. Setz dich.«

Er ließ sich auf den Stuhl vor meinem Schreibtisch fallen und holte seine Akten heraus.

»Zu viel Arbeit die Woche gehabt?«, fragte er beiläufig.
»Zu viel Arbeit gibt es nicht.«
»Ha, hab vergessen, wen ich vor mir habe.«
War es so verwerflich, viel Arbeit zu haben? Ich war nicht umsonst so erfolgreich und steinreich, verdammt noch mal.
»Okay, ich hab da ein paar Fälle, die für dich sicherlich interessant wären«, begann Jackson dem Termin endlich mal mehr Würze zu verleihen.
Das Vibrieren in meinem Jackett jedoch hörte selbst er. Verflucht, ich hasste es, gestört zu werden, aber seit ich Lexie zur Vorsicht beschatten ließ, musste ich erreichbar sein. Wenigstens das brauchte ich, wenn ich sie schon nicht sehen konnte.
Auf dem Display stand wirklich der Name eines der Personenschützer. Wehe, es war was passiert.
»Croft.«
»Ja Sir, Roberts hier. Also ... Miss Pike möchte Sie gerne sprechen.«
Das war doch wohl ein schlechter Scherz! Wie nutzlos waren diese Idioten denn? Von wegen, ehemalige Soldaten der britischen Armee!
»Geben Sie sie mir«, antwortete ich brummend.
Scheiße, so sollte das nicht laufen. Sie sollte davon nichts mitbekommen.
»So, du Mistkerl. Was soll das?«, hörte ich sie in den Hörer rufen.
Natürlich war sie wütend. Wunderbar.
»Lexie ...«
Jacksons Kopf fuhr von seiner Akte hoch.
»Du lässt meine Wohnung ausspionieren?«
Jetzt wurde sie sogar noch lauter.
»Ich tue das zu deinem Schutz ... Michael ...«
Aber natürlich ließ sie mich nicht ausreden. Was hatte ich auch anderes erwartet?
»Oh nein, mein Freund. Benutze nicht meinen Exmann, um dich damit rauszureden. Mit Sicherheit hast du deinem Personal ein Bild von Michael zukommen lassen.«
Seufzend fuhr ich mir durch mein Haar. Wieso war sie nicht

dumm wie Brot? Na ja, wäre sie es, würde sie mich null interessieren. Würde sie mich nicht *so* interessieren.

»Ich glaub das nicht. Du willst nicht, dass ich überhaupt männlichen Besuch bekomme? Spinnst du jetzt total?«

Sie brachte es auf den Punkt. Es aber ehrlich zugeben? Nein.

»Du wirst diesen Schrank sofort zurückrufen. Du hast kein Recht ... nein Moment, du hast gar kein Recht auf mich. Falls du es vergessen hast, ich hab da schon einen Ex, der nicht mehr alle Tassen im Schrank hat. Einer reicht.«

Das konnte sie nicht verlangen! Ich musste wissen, was sie tat. Ich konnte sie nicht bekommen, also musste ich doch wenigstens wissen, dass sie nicht an den nächsten Michael geriet. *Ach was, sie ist nicht dumm, Julian. Das hatten wir doch gerade erst.*

»Lexie ...«

»Und jetzt entschuldige mich. Ich habe ein Date.«

Mein Magen verkrampfte sich schlagartig. Was hatte sie da gerade gesagt?

»Sir?«

Roberts, dieser Idiot, war tatsächlich wieder in der Leitung. Sie hatte ihm einfach das Handy wiedergegeben?

Lexie sagte mir, sie hätte ein Date, und beendete dann einfach das Gespräch?

»Wo ist sie jetzt?«, fauchte ich in den Hörer.

»Sir, sie geht mit ihrem Besuch in ihr Apartment.«

»Besuch?«

Das war nicht ihr Ernst!

»Ja, Sir. Ich hatte gerade eine Diskussion mit dem Herrn.«

»Was?«

»Er scheint ihr Arbeitskollege zu sein.«

Das musste der Kerl gewesen sein, der sie damals vor der Schule bequatscht hatte, bevor ich sie nach Hause fahren wollte. Es war so klar, dass er seine Chance nutzen wollte.

»Sir, soll ich die Schicht beenden?«

»Nein.«

Ich beendete das Gespräch.

Jackson räusperte sich. Ich sah auf, er grinste.

»Lexie also.«

Ich schloss die Augen, um kurz Luft zu holen. Ich glaubte nämlich, einige Male zu wenig geatmet zu haben. *Sie hat ein Date. Bei sich zu Hause!*

»Ich rede mit dir, Julian.«

»Was?«, fauchte ich wütend.

»Stimmt das? Lässt du sie beschatten?«

»Was geht dich das an?«

»Na, eine ganze Menge, denn ist sie nicht deine Mandantin?«

»Und? Ich tue das zu ihrem Schutz.«

Jackson ließ sich in den Sessel zurückfallen. Das war gar nicht gut.

»Hatte ich also doch recht. Du willst sie.«

»Hör auf mit dem Scheiß.«

Mit voller Wucht blätterte ich wie wild einige Akten auf dem Schreibtisch durch.

»Gut, dann tun wir mal so, als würdest du sie beschatten. Natürlich nur zu ihrem Schutz.«

Grinsend faltete er seine Hände. Was sollte das denn jetzt werden? Ich beobachtete ihn genau.

»Wieso rastest du dann so aus, wenn sie lediglich ›Besuch‹ bekommt?«

Du weißt ja auch nicht, dass ihr Besuch ihr verkackter Arbeitskollege ist und sie flachlegen will!

Ich holte mehrmals tief Luft.

»Also sind es wieder die Regeln, die dir im Weg stehen. Lexie hatte schon so etwas erwähnt.«

Wie bitte?

»Was weißt du davon, was Lexie erwähnt oder nicht?«

Wenn du was mit ihr hast, bist du so was von erledigt, Jackson!

»Ganz ruhig. Ich hab einmal mit ihr getanzt, als du anwesend warst. Da hat sie mir erzählt, dass sie weiß, dass du deine Regeln hast. Ich glaube nicht, dass sie die Story dahinter kennt. Sie versteht dich bei der Sache nämlich nicht.«

Meine Brust war jetzt nicht mehr so schwer beladen wie wenige Sekunden zuvor.

Natürlich verstand sie mich nicht. Das durfte sie aber auch nie. Sie durfte nicht von Jules erfahren, denn dann erfuhr sie auch, wen Michael seit einem Jahr regelmäßig vögelte: meine Exfrau!

»Es ist kompliziert.«

Selbst Jackson kannte nicht alle Einzelheiten. Musste er aber auch nicht.

»Ist es bei dir immer. Aber du solltest langsam mal schauen, was du willst. Sie hat doch rausbekommen, dass du sie beschatten lässt, oder?«

Ich nickte.

»Ich kenne nicht *ihre* Story, dafür deine. Wenn du sie nicht willst, dann lass sie gefälligst auch in Ruhe. Such ihr einen anderen Anwalt und geht eurer Wege.«

Was schlug der mir da vor? Ich sollte sie in Ruhe lassen?

»Was glaubst du, was ich seit Wochen versuche zu tun?«

»Aber das Mandat hast du nicht abgelegt«, stellte er fest.

Ich biss die Zähne zusammen.

»Nein.«

»Allein das sollte dir doch schon zu denken geben, Julian.«

»Meinst du, ich weiß das nicht?«, schrie ich schon fast.

Verflucht noch mal. Mir war klar, dass ich, wenn ich es nur könnte, längst nicht mehr ihr Anwalt wäre. Ich hatte den perfekten Kollegen dafür. Er war nicht so gut wie ich, aber er würde Lexie fachlich gut beraten können. Aber ich wollte es einfach nicht. Ich konnte es nicht.

»Also ich weiß nicht, wie du das siehst, aber es ist Freitagabend und ich will endlich ins Wochenende. Ich geh jetzt was trinken, was tust du?«

Er sah mich abwartend an.

Mir war schon klar, was Jackson versuchte. Er wollte, dass ich eine Entscheidung traf. Das wollte Dr. Evans auch ... verdammt noch mal. Für dreihundert Dollar hätte ich doch mal mehr erwarten können als das, was ich nicht von ihr hören wollte.

5

LEXIE

Ich saß an meinem Schreibtisch, vertieft in meiner Arbeit. Wäre da nicht dieses ständige Gekicher.

»Das hast du nicht gemacht«, sprach Sid mit dieser viel zu hohen Stimme.

»Doch, ich sag dir, ich hab dem Kerl gesagt, er soll sich verpissen.«

»Wow. Mutig!«

»Ach was. Das hätte doch jeder so gemacht.«

Wurde mir von dem Geflirte übel, das die beiden da auf meinem Sofa abzogen? Aber so was von!

Suchte ich in Gedanken schon eine Höhle oder ein Loch, in dem ich mich verkriechen könnte? Jepp, Anzeige in der Zeitung war bereits geschaltet.

Kochte ich innerlich, weil dieser Sicherheitstyp immer noch da draußen in seinem unauffälligen SUV saß? Oh ja!

Ach, und hatte ich Mr. *Anwalt-der-mich-noch-den-letzten-Nerv-kostet* erwähnt? Nein. Wow, dann hab ich jetzt genau …

Ich sah auf meine Armbanduhr. Hey, ich hatte zwei Minuten und 23 Sekunden nicht an den Idioten gedacht.

»Alles in Ordnung, Lexie?«

Sids Frage riss mich aus meiner wunderbaren Gedankenwelt.

»Das willst du nicht wissen.«

Ich seufzte und starrte wieder auf meine Tests, die nicht weniger werden wollten.

»Dass Julian das wirklich getan haben soll …«

»Ich hab mit ihm telefoniert, Sid. Was willst du noch für Beweise? Soll er sie dir per Kurier zukommen lassen?«

Ich stand auf und sammelte die leeren Kartons vom Tisch.

»Das kann ich auch machen.«

Sean griff nach einem Karton, ich aber nahm ihm den sofort wieder ab.

»Schon okay. Unterhaltet euch ruhig weiter.«

Ich zwinkerte ihm lächelnd zu und er nickte. Ihm war klar, dass ich keinerlei Lust hatte auf ein Date, und er hatte ein Auge auf Sid geworden. Das war okay.

Nach der Nummer, die Julian und Mr. Schrank da abgezogen hatten, war ich einfach froh, dass er nicht schreiend davongelaufen war. Gut, vielleicht lag das auch daran, dass er Sids Hintern gerne näher kennenlernen wollte. Aber damit musste ich mich, Gott sei Dank, nicht mehr befassen.

»Ich bring eben den Müll raus.«

»Okay.«

Sid und Sean unterhielten sich weiter angeregt.

Einen Moment lang beobachtete ich die beiden. Sid lächelte, spielte mit ihrem Haar, berührte Sean immer mal wieder nebensächlich. Sean reagierte. Er grinste zurück und hielt den Augenkontakt mit ihr. Er rutschte näher an sie heran. Es war klar, wohin das führen würde. *Aber beendet es bloß nicht auf meinem Sofa!*

Seufzend nahm ich meinen Haustürschlüssel und ging hinaus.

Wieso in Gottes Namen lief das bei mir nicht so einfach? Man fühlte sich zueinander hingezogen, hatte Dates und vielleicht wurde mehr daraus. Vielleicht aber auch nicht.

War das heutzutage nicht mehr *in*? War ich so lange vom Markt? Ich war knapp zwei Jahre verheiratet gewesen. Bedeutete das jetzt, dass ich zu spät für das 08/15-Beziehungs-Dingen war?

»Verflucht.«

Ich schleuderte den Müllsack mit voller Wucht in den Mülleimer vor der Tür. Es war bereits stockdunkel. Für Oktober war es auch schon ziemlich kalt.

»Hat dir der Müll etwas getan?«

Ich zuckte vor Schreck zusammen, als ich mich umdrehte und in grüne Augen sah. Grüngraue, wäre er mir noch näher.

Julian lächelte. Dieser verfluchte Mistkerl lächelte mich an?

»Ist das dein Ernst?«

Ungläubig sah er mich an. *Hat wohl geglaubt, sein Grinsen haut mich um? Ha, träum weiter!*

»Was soll mein Ernst sein?«

»Na, das alles hier!«

Ich war laut und genervt. Na und? Mein gutes Recht.

»Können wir das vielleicht woanders besprechen?«

Er sah sich um.

Oh, das hätte er wohl gerne. Nix da!

»Ich weiß nicht, wieso ich mit dir noch in einem geschlossenen Raum stehen sollte? Entweder werde ich ignoriert oder so lang angestarrt, dass ich mir wieder Hoffnungen mache, du mich aber wegen deiner bescheuerten Regel wieder wegschiebst!«

Hatte ich das wirklich gerade gesagt? Mist. *Lass dir nichts anmerken. Funkel ihn einfach weiter wütend an. Du bist eine starke und emanzipierte Frau, die in Scheidung lebt!* Jepp, wenn ich das lange genug dachte, würde es vielleicht auch wahr werden.

»Das ist kompliziert, Lexie.«

Er schaute mich nicht an, rieb sich lieber seinen süßen Nacken. *Ich wette, seine Härchen dort sind genauso kuschelig wie die auf dem Kopf.* Was zum Teufel dachte ich denn da schon wieder? Gruselig!

»Kompliziert? Kompliziert?«

Julian hob den Blick, um mich anzusehen. Ja, ich hörte mich wirklich so geschockt an, wie ich mich fühlte.

»Weißt du, wie kompliziert die letzten Monate für mich waren, Julian? Und trotzdem stehe ich hier. Und mache weiter. Egal, was du durch hast. Es ist kein Grund, dich vor der gesamten Welt zu verstecken.«

»Du hast keine Ahnung.«

Er wirkte völlig niedergeschlagen. Und doch war das nicht mein Kampf.

»Ich weiß nicht, wieso du hier bist, Julian. Wirklich nicht. Wenn du dich für den Stalker entschuldigen willst, bitte. Dann solltest du ihn auch mitnehmen.«

»Er ist zu deinem Schutz da.«

Jetzt hörte ich wieder den Anwalt aus ihm sprechen. Distanziert, abweisend, streng.

»Er ist zu deiner Beruhigung da, das ist alles«, konterte ich und funkelte ihn wütend an.

Jetzt starrte er genauso kraftvoll zurück. Als würden wir einen Kampf nur mit unseren Blicken führen. Natürlich kribbelte es auch ein bisschen in mir, aber das wusste er ja nicht.

»Ist er da drin?«

Oha, jetzt ging's also um Sean. Natürlich. Mr. Schrank hatte ihm das sicher gesteckt.

Ich verschränkte die Arme vor meiner Brust, trotzig, damit er merkte, wie egal mir das gerade war. Was es ganz und gar nicht war, aber meine Hände sollte er nicht zittern sehen.

»Geht dich nichts an!«

»Lexie ...«

Er brummte meinen Namen und kam so nah zu mir, dass nur noch wenige Zentimeter zwischen uns lagen.

»Ist. Er. Bei. Dir. In. Der. Wohnung?«

Mist, sein Aftershave schoss mir wieder in die Nase.

»Und wenn es so wäre?«

»Ist er es?«

»Das weißt du doch dank deines britischen Bodyguards besser als ich!«

»Hast du mit ihm geschlafen?«

Ich glaubte, mir stand der Mund offen. Was hatte er gefragt?

»Hast du?«, wiederholte er seine Frage, weil ich einfach nichts sagen konnte.

»So denkst du also über mich? Ich habe männlichen Besuch in meiner Wohnung und die einzige logische Erklärung ist, dass ich mich von ihm flachlegen lasse?!«

Spätestens jetzt hätten wir wohl reingehen sollen.

»Du hast gesagt, du hast ein Date«, antwortete er mir.

»Nur, weil du jedes Date flachlegst, zählt das nicht auch für mich, du blöder Idiot!«

Ich schrie mittlerweile, seine Nasenflügel bebten. Sein Brustkorb hob und senkte sich mit seinen tiefen Atemzügen. Selbst unter dem

Mantel konnte ich es sehen. Sein harter Blick ließ meinen Körper erzittern.

»Und sieh mich nicht so an«, fauchte ich.

»Wie sehe ich dich denn an?«, schrie er.

»Das weißt du ganz genau!«

Als Antwort darauf drückte er voller Kraft seine Lippen auf meine.

Ich wusste, ich hätte das sofort stoppen müssen, aber das war einfach nicht das, was ich in dem Moment wollte.

Ich erwiderte den Kuss. Mit voller Wucht. Es tat schon fast weh, so fest presste er seinen Körper an meinen.

Seine Zunge übernahm die Kontrolle in meinem Mund. Vielleicht stöhnte ich auch auf, ich wusste nicht mehr genau, was ich da überhaupt tat.

Und da übernahm mein Kopf langsam wieder die Kontrolle.

Wir hatten nichts geklärt. Julian gab nichts zu, entschuldigte sich nicht und schon gar nicht erklärte er mir, was eigentlich los war.

»Stopp!«

Mit der größten Anstrengung stolperte ich ein paar Schritte von ihm weg.

Seine Lippen waren rot und geschwollen, ich wollte gar nicht wissen, wie ich aussah. Er war verwirrt. Natürlich. Vor fünf Sekunden noch stöhnte ich ihm da eine nette Show vor.

»Das hier ist keine gute Idee«, begann ich.

Der gute Herr schien nicht mal ansatzweise zu kapieren, wieso das gerade abgebrochen wurde.

»Lexie …«

Julian wollte wieder auf mich zugehen, doch ich lief einfach weiter rückwärts.

»Ich meine das ernst, Julian. Das Ganze bringt überhaupt nichts, wenn du nicht mit mir sprichst.«

»Lexie.«

Jetzt wurde er leiser, klang schon fast verzweifelt.

»Hör auf mit deinem Lexie-Gelaber! Das bringt überhaupt nichts, okay! Du hast mir von deinen Regeln erzählt. Ich will jetzt wissen, was du damit meinst.«

»Das ist nicht …« Er sprach nicht weiter.

»Geht es um Jules?«

Oh, verdammt noch mal!

Julian sah mich erschrocken an. Ja, die Reaktion war vorherzusehen. Mist!

»Woher weißt du von Jules?«

Jetzt tauchte wieder Mr. Arrogant auf.

Es entstand eine andere Art von Anspannung. Er war stinkwütend.

»Ich weiß nichts über sie … ich … ich weiß nur …«

»Gar nichts weißt du!«, unterbrach er mich wütend.

Jetzt war ich die Dumme?

»Okay, du hast recht. Ich weiß nichts über die Sache mit deiner Exfrau!«

Das letzte Wort betonte ich extra, die Reaktion kam sofort. Sein Kopf schnellte hoch zu mir.

»Und das geht mich auch nichts an, *wenn* zwischen uns nichts ist. Und so, wie du noch immer auf deine Exfrau reagierst, zeigt es mir einfach …«

Ich holte einmal tief Luft.

»Das verstehst du falsch!«

Verstand ich das falsch? Ich hatte doch den Schmerz in seinen Augen gesehen, die Wut, die noch dahintersteckte. Nicht umsonst hatte er diese komischen Regeln.

»Es ist okay, Julian.«

War es nicht. Aber im Vormachen war ich immer schon gut.

»Alles in Ordnung?«

Sean stand mit Sid in der Tür und sah zu uns herunter.

Julian ballte sofort die Fäuste, als er Sean sah.

»Lexie?«, fragte Sean mich, da ich noch nicht geantwortet hatte.

»Ja, klar.«

Ich sah Julian an, der meinen Blick erwiderte.

»Lexie … ich …«

Doch ich konnte es nicht mehr hören. Ich drehte mich um und ging die erste Stufe Treppe hoch, als er mich packte und sich zu sich drehte.

Sein Atem traf meinen. Mein Puls beschleunigte sich sofort.

»Gib mir Zeit, okay. Ich schwöre dir, es hat nichts damit zu tun, dass ich noch Gefühle für *sie* hätte.«

Dabei blickte er mich einen Augenblick so an, als müsste ich wissen, für wen er Gefühle hätte.

Oh Gott, meinte er etwa mich?

Dann ließ er mich wieder los und stieg die Treppen wieder herunter.

»Was hat der Knabe jetzt schon wieder gemacht?«, fragte Sid mich, als ich bei den beiden ankam.

Ich antwortete nichts. Er hatte alles und nichts getan.

Er bat mich um Zeit. Aber Zeit wofür?

6

JULIAN

»Irgendwelche Nachrichten?«, fragte ich Andrea, als sie mir die Mappe mit den wichtigen Unterlagen ins Büro brachte.

Sie lächelte, als wüsste sie mehr als ich.

»Nein, Mr. Croft.«

Dann war sie auch wieder weg.

Sie hatte sich also immer noch nicht gemeldet.

Was hast du erwartet? Dass sie nach der Nummer hier auftaucht und dir sagt, dass sie auf dich wartet, dass sie genauso verrückt nach dir ist wie du nach ihr?!

Sie ist nicht wie meine vorherigen Frauen ... Ihr war mein Status egal, mein Geld sowieso, eher schreckte es sie vermutlich sogar ab.

Und da ich wusste, dass sie es nicht tat, ging ich jetzt voll auf Angriff. Ich musste die Sache beschleunigen.

Ich würde mir den Scheiß nicht noch mal antun. Die schlaflosen Nächte, die Gedanken, was sie machte. Jacksons Blicke, seine Fragerei, wenn ich einfach nur mein Mittagessen genießen wollte, obwohl das auch geheuchelt gewesen wäre. Denn essen konnte ich auch kaum noch, weil ich ständig an Lexie denken musste. Ich dachte an ihr blondes Haar, das schon ins Braune ging. Dann ihre süßen Grübchen, die erschienen, wenn sie so verboten heiß lächelte. Und dann ging mir immer einer ab, wenn sie vor Wut kochte. Ich hatte noch nie eine Frau gesehen, die so leidenschaftlich ihre Meinung äußerte.

Zu viele Wochen waren schon verstrichen. *Ich will sie.*

Wenn ich dann versuchte, mich abzulenken, kamen immer wieder frustrierte Anrufe von der Sicherheitsfirma, die auf Lexie aufpasste.

Sie hatte es tatsächlich zweimal geschafft abzuhauen, ohne dass sie erwischt wurde. Während ich das grinsend aufnahm, war es für die Firma natürlich eine peinliche Sache. Ich machte sie zur Sau und dann nahmen sie ihren Job wohl wieder ernst genug.

Denn seit einer Woche hatten sie Lexie wieder im Auge. Bisher war auch nicht wieder der Lehrer oder sonst ein Kerl bei ihr aufgetaucht. Aber das konnte sich noch ändern. Lexie war ... sie war umwerfend.

Es war nur eine Frage der Zeit, bis sie sich für jemanden interessierte, der keine bescheuerten Regeln hatte.

»Mr. Croft, der 10-Uhr-Termin ist da.«

Ich starrte auf den Lautsprecher.

Die Informationen in der Mappe würden mir also heute endlich das geben können, was ich so lange schon suchte.

»Bringen Sie ihn rein«, sprach ich in den Gegensprecher.

Die Tür ging wenige Sekunden später auf. Andrea lächelte.

»Mr. Pike für Sie.«

Dann verschwand sie und Michael Pike kam ins Büro.

»Mr. Pike. Danke, dass Sie so kurzfristig kommen konnten. Setzen Sie sich.«

Er sah sich um.

Nein, sie ist nicht hier. Du brauchst gar nicht nach ihr suchen.

Seine ganze Haltung war angespannt. Er war hoch konzentriert. *Wäre ich auch.*

Denn ich war der Kerl, der ihn auseinandernahm. Das wusste er nur noch nicht.

Er setzte sich.

»Ich verstehe nicht richtig, was ich hier soll. Mein Anwalt riet mir übrigens davon ab hierherzukommen.«

Und doch bist du aufgetaucht!

Ich lächelte. Aufgesetzt, aber ihm war sowieso schon klar, dass ich ihn nicht ausstehen konnte. Michael Pike war ein kranker Bastard, aber der Anwalt in mir konnte die Fassade ganz gut aufrechterhalten.

»Ich fasse mich kurz.«

Ich öffnete die Mappe, ohne daraufzusehen.

»Wir werden am Freitag einen weiteren Vergleichstermin ansetzen. Bei diesem Termin werden Sie ohne Einwände und Forderungen in die Scheidung einwilligen.«

Michael schnaufte, als wäre das ein guter Witz.

Nein, das ist es auf keinen Fall.

»Jules hatte recht, Sie sind verrückt.«

Eigentlich hätte ich zusammenzucken müssen, als er meine Exfrau erwähnte, aber da kam nichts. Wieder ein Grund, an meinen damaligen Gefühlen ihr gegenüber zu zweifeln.

»Wenn Sie den Worten meiner Exfrau so viel Glauben schenken, dann sollten Sie wissen, dass ich nicht scherze. Nie.«

Okay, außer es geht um Lexies loses Mundwerk. Da muss ich einfach kontern!

Sein Schnauben verstummte und sein Gesicht wurde streng. Er war jetzt auf der Hut. Dann glitt sein Blick auf die Mappe vor mir.

Ja, du bist im Arsch, mein Freund.

»Wollen wir darüber reden, wie Sie die Samstagnächte im Waldorf Astoria verbringen?«, fing ich beiläufig an zu sprechen und blätterte in den Fotos herum.

Ich musste nicht erwähnen, wie bescheuert Jules war, dass sie nicht mal das Hotel wechseln konnte. Dumm konnte man es wohl auch nennen.

Jules von hinten, Jules von vorne, großer Gott, sie hat wirklich kein Schamgefühl mehr.

»Sie wollen mich aber jetzt nicht damit erpressen, dass ich Ihre Exfrau vögle?«

»Ganz und gar nicht.«

Jetzt hatte ich seine volle Aufmerksamkeit. Wer wusste, was Jules ihm wieder erzählt hatte? Vielleicht wollte ich mich damals rächen, mittlerweile rächte ich mich für Lexie!

»Sicherlich kommt es nicht sehr gut, wenn ich die Fotos von Jules in so einem …« Ich sah mir die Bilder an. Mann, Mann. »… freizügigen Moment an die Presse weitergebe. Das Interessante sind auch nicht die Schäferstündchen, sondern eher die Bekanntschaften, die Sie während des Restaurantbesuchs jedes Wochenende machten.«

Mein Blick war noch immer auf die Mappe gerichtet. Der Mistkerl hatte wirklich Millionen damit gemacht. Und kam bisher immer mit weißer Weste da raus.

Ich spürte, wie er sich leicht verkrampfte.

»Was wollen Sie?«

Das war ja gar nicht mal so schwer. Ich hatte mit mehr Gegenwehr gerechnet.

Ich legte ihm eine Kopie vor.

»Sie willigen ohne Forderungen in die Scheidung ein. Miss Johnsons Apartment bleibt ihres, die einstweilige Verfügung bleibt selbstverständlich bestehen und natürlich werden Sie ihr eine großzügige Abfindungssumme zukommen lassen.«

»3,5 Millionen?«, fragte er ungläubig.

Ein gutes Zeichen, wenn es wohl nur wegen des Geldes Probleme geben würde.

»Sie legen das Geld als Fond an. Und selbstverständlich hat nur Miss Johnson Zugang dazu.«

Ich muss auf Nummer sicher gehen.

»Die Summe ist lächerlich. Ich habe zwar Geld, aber das ist ...«

»Laut Ihres Kontostandes ...« Ich las wieder in den Papieren und fand den Kontoauszug. Lexie hatte wirklich keine Ahnung, wie reich dieser Mistkerl war.

»... haben Sie in der Schweiz 6,8 Millionen US-Dollar angespart. Ich war so nett und habe den Betrag direkt umgerechnet.«

Ich sah wieder hoch und er erbleichte.

Ich hab meine Hausaufgaben gemacht. Es hat zwar gedauert, aber so etwas bleibt nicht verborgen!

»Wir machen es also jetzt folgendermaßen.«

Ich faltete die Hände ineinander. Michael zuckte leicht, als würde er sich eine bessere Sitzposition suchen.

»Sie unterschreiben die Scheidung am Freitag. Widerstandslos. Heute unterschreiben Sie die Unterhaltsforderung. Miss Johnson stehen 50 % Ihres Vermögens zu. Das wären jetzt ... ja, laut Kontostand 3,4 Millionen US-Dollar. Und da ich natürlich auch die Angaben berücksichtigen muss, die Sie Ihrem Anwalt gegenüber gemacht haben, was Ihr Vermögen in den Vereinigten Staaten angeht, sind wir bei ... 3,5 Millionen US-Dollar.«

Er knirschte mit den Zähnen. Ich grinste nicht, obwohl ich es wollte.

»Und wenn ich nicht unterschreibe?«

»Zwanzig Jahre Staatsgefängnis für Waffenschmuggel und Handel. Steuerhinterziehung würde natürlich auch noch dazukommen. Dann sind wir bei knapp dreißig Jahren. Mehr muss ich, glaube ich, nicht sagen.«

Michael holte einmal tief Luft.

»Wer garantiert mir, dass später nichts …«

»Ich halte meine Vereinbarungen, Mr. Pike. Fragen Sie Jules.«

Er wusste, ich sagte die Wahrheit. Bis heute wusste keiner, welche Beweggründe ich wirklich gehabt hatte, um Jules vor die Tür zu setzen. So ein Arschloch war ich dann doch nicht.

Wenige Minuten später unterschrieb er.

»Sie wissen, dass ich nie verliere?« Michael stand bereits an der Tür.

Ich nahm den unterschriebenen Brief und legte ihn in die Akte zurück.

»Dann sollten Sie sich daran gewöhnen, dass es für alles ein erstes Mal gibt.«

»Sie halten sich für ganz clever, oder?«

Ich sah auf. Dieser Mistkerl strapazierte so langsam alle Nerven, die ich noch übrig hatte.

»Ich bin Anwalt. Ich kämpfe für die Rechte meiner Klienten.«

»Ich weiß, wie Sie meine Frau ansehen.«

»Exfrau, ab Freitag.«

»Das ändert gar nichts.«

Dann ließ er die Tür laut zukrachen.

Ich wusste, er würde noch zum Problem werden, das schob ich allerdings ganz nach hinten in meinem Kopf.

Ich sah auf die Scheidungspapiere, die ich am Freitag mitnehmen und die von beiden unterschrieben werden würden. Wäre das erledigt, wäre Lexie endlich frei und ich nicht mehr ihr Anwalt. Ich lächelte in mich hinein. Dann wäre die Regel nicht mehr im Weg.

Die zweite ignorierte ich gekonnt.

7

LEXIE

Ich hatte nicht geschlafen, grübelte nur und morgens schmeckte mir nicht mal mein geliebter Kaffee. *Hallo? Der Kaffee schmeckt mir nicht? Das ist der Beweis, dass dieser Tag nervlich gesehen für den Arsch ist!*

Ich hatte mir heute freigenommen, damit ich pünktlich um 10 Uhr in der Kanzlei ankam.

Sid musste arbeiten und ehrlich gesagt wäre sie auch alles andere als eine gute Unterstützung gewesen. Seit Tagen schwebte sie auf Wolke sieben. Und ausgerechnet mein Arbeitskollege war der Grund dafür.

Versteht mich nicht falsch, ich freute mich für sie, aber ich könnte gleichzeitig auch einfach nur kotzen.

Seit fast zwei Wochen dachte ich wieder nur an Mr. Anwalt. *Meinen Anwalt.*

Ich konnte einfach nicht vergessen, dass er mich erstens von so einem James-Bond-Verschnitt bewachen ließ und zweitens mit einem »Lass mir Zeit«-Satz den Kopf verdreht hatte.

Ja, so war es. Ich wusste, er war tabu. Nicht nur, weil er mein Anwalt war, sondern auch, weil er eine Exfrau hatte, die viel zu oft erwähnt oder eben nicht erwähnt wurde.

Okay, okay, ich hatte auch noch ein Laster zu tragen und dieses Laster traf ich übrigens gleich wieder: Michael.

Zitternd brachte mich seine Assistentin in Julians Büro. Ich hatte einen schwarzen Bleistiftrock an, dazu eine weiße Bluse und schwarze High Heels. Gut, die Sachen waren neu. Ich wollte nichts tragen, was Julian schon kannte.

Ist das nicht schon wieder Beweis genug, wie verrückt ich bin? Ich renne einem Mann hinterher, der noch komplizierter ist als ich. Und das soll schon was heißen!

Ich trat ein, seine Assistentin ließ uns allein und ich blickte zu ihm hin.

Da war er also wieder ... Julian. Ich drehte innerlich halb durch. Wieder dieser Anzug, diese perfekten Haare. Er schien noch etwas zu lesen, als er aufblickte und mich erst von oben bis unten musterte. Dieser Blick war aber so kurz oder eben beiläufig, dass ich ihn mir sicherlich nur einbildete. Er stand auf und zeigte zum Stuhl.

»Setz dich bitte.«

Oh, wir sind wieder beim Du.

Ohne zu zögern, setzte ich mich.

»Mach es kurz. Kriegt er meine Wohnung?«

Das war die einzige Frage, die ich sofort beantwortet bekommen wollte. Okay, ich würde gerne noch andere Fragen stellen, aber da bekam ich eh keine Antworten. *Hab's versucht und ich bin immer noch allein. Verflucht seist du, Julian Croft!*

Er sah mich an und irgendwie beruhigte mich das sofort. Und auch wieder nicht. Denn unter meinem Rock begann es wieder zu zucken. *Oho.*

»Ich habe dir gesagt, dass es deine Wohnung ist. Und die bleibt sie auch, Lexie. Mach dir keine Sorgen.«

»Was heißt das jetzt? Wieso wurde wieder ein Termin angesetzt?«

»Weil die Scheidung heute vollzogen wird«, antwortete er so beiläufig, dass ich noch wütender wurde.

»Scheidung? Warst du nicht anwesend beim letzten Mal? Michael will meine Wohnung, Julian. Weil er weiß, dass er es so hinauszögern kann. Was soll seine Meinung bitte geändert haben?«

Ich sah ihn fragend an. Er blickte wieder auf und da war dieser Ausdruck in seinem Gesicht.

Er strahlte nicht nur Entschlossenheit aus, nein, er strahlte Wissen aus. Er wusste etwas, das ich nicht wusste.

»Was hast du getan?«

Ich flüsterte. Keine Ahnung, wieso.

»Sei nicht albern, Lexie. Was soll ich schon getan haben?«

Er sah wieder auf sein Blatt und schrieb weiter.

Julian schaute mich nicht an, weil er wusste, dass ich dann sehen könnte, dass er log.

»Ihm fehlt aber kein Finger oder so etwas?«

Julian lachte kurz laut auf. Als er wieder zu mir sah, verdunkelte sich seine Miene.

»Du bist mit Michael verheiratet gewesen und denkst, *ich* hätte Gewalt angewendet, um die Scheidung durchzuboxen?«

Er klang verärgert. Mist. Und mir war nicht entgangen, dass er *»verheiratet gewesen«* gesagt hatte. Er war wirklich überzeugt, dass Michael endlich in die Scheidung einwilligte. Aber wieso?

Er schaute auf seine Armbanduhr.

»Wir müssen los. Aber noch etwas.«

Jetzt sah er mich eindringlich an. Mir stockte kurz der Atem, ich riss mich aber schnell wieder zusammen.

»Egal, was er dir anbietet, Lexie. Du stimmst zu. Ist das klar? Du verhältst dich still, gibst keine Widerworte.«

Er wartet nicht mal mein Nicken ab, dann stand er schon mit meiner Akte unter dem Arm auf und ich folgte ihm. Nicht mal jetzt hätte ich Widerworte gegeben. Allein Julians Blick reichte schon, um mir einzugestehen, dass eh nichts half, was ich hätte sagen können.

Den Weg in das Konferenzzimmer kannte ich schon. Michael saß mit seinem Anwalt bereits dort.

Es wunderte mich, wie egal mir der Kerl gerade war. Wut war zwar noch da, aber sie verblasste neben den Gefühlen, die ich für Julian hatte. Julian sorgte für meine schweißnassen Hände, meinen hohen Puls und meinen Blick, der nie auf seinen treffen soll, weil ich Angst hatte, er könnte sonst meine Gedanken ihm bezüglich lesen.

Großer Gott, nach dem Termin geh ich wieder zu Doktor Evans. Mir egal, dass sie meint, ich übertreibe. Okay, vielleicht würde sie auch sagen, dass der Termin am Dienstag ausreichend war. Ich finde das aber ganz und gar nicht!

Julian schob mir den Stuhl hin, ich setzte mich und verschränkte meine Hände ineinander. Irgendwo musste ich mich festhalten.

Michaels Blick ruhte auf mir, ich sah ihn nicht mal an. Dass er mir gegenübersaß, war völlig bekloppt. Aber es gab nun mal was zu regeln.

Ob er an jeder Hand noch seine zehn Finger hat, kann ich auch nicht sehen. Und wenn es nicht so wäre? Egal.

»Ich bin überrascht gewesen.«

Michaels Anwalt begann also die Unterhaltung. Er schien nicht gerade glücklich zu sein.

Jetzt sah ich zu meinem Noch-Ehemann, der genauso angefressen aussah.

Was war hier los?

»Ich denke, Ihr Mandant hat Sie über alles in Kenntnis gesetzt, George.«

Julians hatte wieder diesen Anwaltsblick aufgesetzt: kalt, distanziert, Anwalt halt. *Und doch ist er atemberaubend sexy dabei. Oh mein Gott. Reiß dich zusammen, Lexie. Das hier ist ein wichtiger Termin. Halte deine Vagina im Zaum!*

Michaels Anwalt presste die Lippen aufeinander.

»Hat er.«

Er öffnete seine Mappe und las vor:

»Mein Mandant Michael Pike willigt in die Scheidung ein.«

Mein Herz machte einen heftigen Plumps. Er ließ sich drauf ein. Stumm schrie ich vor Freude in mich hinein.

»Er wird keine Forderungen stellen. Weder Sachgegenstände noch Immobilien, die in der Ehe beide geführt haben.«

Das ist eine Lüge! Die Wohnung gehörte schon immer mir. Aber ruhig, Lexie ... du solltest ruhig bleiben. Einfache Anweisung, das wirst du wohl mal schaffen!

»Außerdem ...« Sein Anwalt holte einmal tief Luft, sah zu Michael, der widerwillig nickte. Was kam jetzt? » ...wird Mr. Pike die Hälfte seines Vermögens in Form eines Fonds für Miss Johnson zur Verfügung stellen. Sie allein wird Zugang zu diesem Fond haben. Die Summe beläuft sich auf rund 3,5 Millionen US-Dollar. Somit wäre die Unterhaltsfrage auch geklärt.«

Julian legte mir schnell besänftigend seine Hand auf den Oberschenkel. Hätte er das nicht getan, wäre ich wohl explodiert.

Ich sah zu ihm herüber, aber er starrte nur seinen Kollegen an.

»Selbstverständlich bleibt die einstweilige Verfügung bestehen. Mr. Pike hat verstanden, dass es so am besten ist.«

Ich atmete endlich wieder ein.

Michael suchte meinen Blick, ich jedoch sandte lieber Giftpfeile zu meinem Anwalt ab. *Oder meinem … Mist. Er hat noch immer seine Hand auf meinen Oberschenkel. Und es fühlt sich toll an! Wow, ruhig Blut, Lexie. Der Mistkerl hat gerade mehrere Millionen Unterhalt für dich rausgeschlagen und das sollte er verdammt noch mal nicht!*

Nachdem wir beide die Scheidungspapiere unterschrieben hatten, schien es so, als fiele eine große Last von meinen Schultern. Ich war ab sofort nicht mehr Alexandra Mary Pike. Nein, mein Mädchenname Johnson würde wieder auf meinem Ausweis stehen. Ein tolles und zugleich auch vernichtendes Gefühl. Ich war nicht mal ganz dreißig Jahre alt und schon geschieden.

Michael verschwand als Erstes aus der Kanzlei, sein Anwalt folgte ihm wenige Schritte später. Er sah mich nicht mal mehr an.

Julian kramte seine Mappe zusammen. Ich beobachtete ihn genau dabei.

Er war völlig gelassen, sah mich nicht mal an. *Dieser Mistkerl.* Wer wusste, wer das jetzt wirklich für mich entschied? Ich selbst, die Wut über ihn und über mich, oder die Person, die sich Hoffnung gemacht hatte, dass da was zwischen mir und Julian war …

Ich stand auf und ging. Wohin, wusste ich nicht genau, irgendeine eklige und dunkle Bar wäre jetzt genau das Richtige. Auch wenn ich wusste, dass ich das natürlich nicht tun würde.

Ich wollte einfach raus hier. Die Kanzlei … es war gerade sehr erdrückend, hier zu sein.

Die Assistentin blickte fragend auf, als ich an ihr vorbeiging. Ich nickte ihr einfach zu und drückte den Knopf, um den Lift zu rufen.

»Andrea, der Konferenzraum«, sprach er mit ihr. Sie huschte zum Zimmer und ich trat nervös vom einem Bein aufs andere.

Er stand neben mir und beobachtete mich. Wieso war er mir hinterhergelaufen?

Ach bitte, Lexie. Wir wissen beide, dass du das alles andere als kacke findest.

Hatte ich schon gesagt, dass ich mein Gewissen nicht ausstehen konnte?

Ich mag dich auch nicht besonders!

»Shit«, flüsterte ich.

»Wie bitte?«

Julian sah mich fragend an.

Na toll, jetzt hörte er meine Gedanken auch noch.

Oder du hast das laut gesagt.

»Lexie, lass mich die Sache mit dem Unterhalt erklären.«

»Du meinst, die Sache mit dem 3,5-Millionen-Fond? Ich habe dir gesagt ich will keinen Unterhalt, Julian. Ich will gar nicht wissen, was du da für ein Ding abgezogen hast, um ihn so weit zu kriegen.«

Die Fahrstuhltüren gingen auf und ich stieg ein.

»Ich habe nur dafür gesorgt, dass du die Summe bekommst, die dir rechtmäßig zusteht.«

»Falsch, Julian. Du als mein Anwalt hättest die Belange für mich rausholen sollen, die ich wollte. Ich wollte nur die Scheidung. Kein Geld, keine Forderungen. Nichts.«

Ich drückte auf die Etagenzahl, doch er stellte sich gegen die Tür, sodass der Lift sich nicht schließen konnte.

Er funkelte mich an, aber das war nicht wütend gemeint. Julian wollte mir seine Taten erklären, aber da gab es für mich nichts mehr zu klären.

»Ich habe schon mal einen Kerl gehabt, der dachte, er wüsste, was gut für mich ist, Julian. Und es endete damit, dass wir jetzt geschiedene Leute sind.«

»Du vergleichst mich mit Michael?«

»Nein. Ich mache dir nur klar, dass du das nicht hättest tun sollen.«

Frustriert darüber, dass er es nicht begriff, senkte ich den Kopf.

»Dir ist klar, dass er das Geld vor dir versteckt hat? Er hat es auf einem Schweizer Bankkonto deponiert, Lexie.«

Ich schüttelte wieder den Kopf. Was wollte er hier eigentlich beweisen?

Dann sah ich wieder hoch und ihm mit festem Blick ins Gesicht.

»Dir ist völlig egal, wie viel Geld er hat … und dass er es vor dir versteckt hat.«

Selbst Julian schien das jetzt langsam klar zu werden.

»Allein dass du gedacht hast, ich würde sein Geld wollen, zeigt doch schon, dass du mich nicht kennst.«

Julian schien über meine Worte kurz nachzudenken und lächelte dann kopfschüttelnd. Er sah so attraktiv dabei aus.

»Dir ist dieser ganze Scheiß wirklich vollkommen egal!«

»Blitzmerker.«

Er lächelte mich an, ging auf mich zu und drückte seine Lippen auf meine.

Nur wenige Sekunden lang, dann schaute er mich an. Noch immer lag das Grinsen auf seinem Gesicht.

»Ich hätte nicht gedacht, dass du noch atemberaubender sein könntest, als du es sowieso schon bist, Lexie.«

Ach du Scheiße, dieser Blick … wohin wollte ich noch mal? Weg von ihm? Ganz blöde Idee!

Der Lift schloss sich mit uns drin. Meine Knie waren butterweich, während er mich weiterhin mit diesem Grinsen anstarrte, das ich so selten an ihm sah, aber jetzt schon liebte.

Liebte? Großer Gott, ich sitze wirklich in der Patsche. Oder gerade im Lift. Mir entging diese Zweideutigkeit darin nicht.

Zärtlich, als hätte er das nie anders getan, strich er über meine Wange. Mein ganzer Körper erbebte unter seiner Berührung.

»Was hat sich geändert?«, flüsterte ich, was total bekloppt war, wenn man bedachte, das wir ganz allein hier drin waren.

Julians Grinsen ersetzte eine etwas ernstere Miene. Seine Augen blickten direkt in meine.

»Ich bin nicht mehr dein Anwalt. Das Scheidungspapier beweist es.«

Und ich war geschieden.

Das sagte das Papier außerdem aus. Vielleicht war das unser Problem? Julians Problem? Dass ich noch verheiratet gewesen war? Vielleicht war es nicht Jules oder die blöde Regel, die er da zu seinem Schutz in sein Leben eingebaut hatte … vielleicht war alles einfach ein blödes Missverständnis.

»Was geht nur in deinem kleinen Dickschädel vor?«

Julian musterte mich einer gewissen Belustigung. Ich musste vor mich hin gestarrt haben. Gut, dass er keine Gedanken lesen konnte. Wie peinlich wäre das denn?

»Das sagt ausgerechnet der Kerl, der mehr Launen hat, als es Zahlen gibt.«

Julian schüttelte belustigt den Kopf und starrte kurz zu Boden, nur um dann wieder meinen Blick zu suchen.

»Komm her.«

Wieder drückte er seine Lippen auf meine, nur stürmischer als zuvor. Als würde er hier gerade etwas beweisen wollen.

Julian drückte meine Hüften an seinen Unterleib. Ich hielt ihn selbstverständlich nicht auf. Zu gut war das, was er da gerade mit seiner Zunge anstellte. Ich öffnete meinen Mund, um seiner Zunge und ihm Einlass zu gewähren.

Ein leises Stöhnen kam aus meinem Mund, er brummte zur Antwort und drückte mich mit seinem Körper an die Wand des Lifts.

Seine Hände erkundeten meine Hüften, langsam führte er sie an meinen Bauch und sie glitten immer höher. Langsam knetete er meine Brust. *Großer Gott ... fühlte sich das gut an.*

»Du hast einen Wahnsinnskörper, Lexie ...«

Julian biss mir leicht ins Ohrläppchen. Ich glaubte, mein Verstand verließ mich gerade.

Ich packte seine Haare und drückte meinen Mund auf seinen. Mit voller Wucht trafen sich unsere Zungen, und ehe ich überhaupt darüber nachdenken konnte, schlang ich meine Beine um seine Hüften. Mit seinen zwei großen Händen drückte er meine Pobacken und hielt mich so an die Wand gedrückt.

Ich dachte nicht weiter nach, ich wusste, wer da gerade meinen Verstand übernommen hatte. *Wenn er überhaupt noch da ist.*

Meine Libido, die schon viel zu lang keinen Mann mehr gehabt hatte, die Lust und diese Gefühle für Julian trieben mich weiter an.

Wir beendeten den Kuss einfach nicht, während ich mich mit meinem Unterkörper an seiner Härte rieb, die man dank der Stoffhose des Anzuges sehr gut spüren konnte.

Unsere Zungen führten einen stummen Kampf miteinander aus. Mein Höschen unter dem Rock, der mit Sicherheit bald reißen würde, wenn ich mich weiterhin so an ihn klammerte, war schon total feucht.

»Der Fahrstuhl wird sich gleich öffnen«, brummte er in unseren Kuss hinein.

Ich hörte, was er sagte, und doch war es mir gerade scheißegal. Julian bemerkte das, denn ich beendete den Kuss nicht, sondern wurde wohl noch fordernder, indem ich an seinem Anzug herumfummelte. Ich konnte nicht sehen, was ich tat, aber ich wollte dieses Jackett von ihm losbekommen ... ich brauchte ihn ... *in mir ...*

»Warte ...«

Julian riss sich mit dem Kopf von mir weg. *Das war's also. Ich wusste es.*

Doch ich sah keine Zweifel oder Schuld bei ihm, weil er mich geküsst hatte ... *Das geht ja wohl schon über das Küssen hinaus, meine Liebe. Du sitzt praktisch auf ihm drauf!*

Ohne den Blick von mir zu wenden, hob er die Hand zur Seite und betätigte irgendeinen Knopf. Der Lift blieb auf der Stelle stehen.

»Sicher?«

Die Frage war an mich gerichtet ... und für einen Moment war ich wirklich unsicher, was ich jetzt antworten sollte. Verdammt noch mal, Julian sah gerade so wild aus. Die Haare waren völlig zerzaust. Meine Hände hatten ein tolles Werk vollbracht. Richtig, *meine* Hände.

Seine Augen, sie brannten ... glühten, glitzerten. Ich nickte, ohne diesen wunderbaren Mann aus den Augen zu lassen.

Julian ließ sich das nicht zweimal sagen. Hastig zog er sein Jackett aus. *Endlich.*

Obwohl es sicherlich umständlich war, ließ er mich, wo ich war. Das Jackett fiel einfach auf den Boden. Er lächelte aufrichtig, aber seine Augen sprachen eine andere Sprache. Er wollte mich ...

»Ich werde jetzt deinen Rock hochschieben ...«

Wieder nickte ich nur und konnte dabei zusehen, wie er mit beiden Händen den engen Rock hochschob.

»Schwarze Spitze ...«

Julian schluckte merklich und ich wurde augenblicklich noch feuchter. Dieser Mann war die Gottheit in Person.

»Gott, erbarme dich ...«

Julian schob den Slip beiseite und massierte mit seinen Fingern meine empfindliche Stelle. Ich reagierte sofort und stöhnte an seiner Schulter.

»Scheiße noch mal, wenn meine Finger schon wahnsinnig bei deiner süßen Muschi werden, was wird dann wohl mein Schwanz denken?«, flüsterte er mit so einer heißen Stimme in mein Ohr, dass ich am liebsten aufgeschrien hätte.

Er trieb mich verdammt nah an den Rand ... als er einen Finger in mich schob, klammerte ich mich noch fester an ihn. Ich hätte bedenken sollen, dass ich vielleicht zu feste drücken würde. Aber nicht nur, dass er mich die ganze Zeit schon auf seine Hüften hielt, nein, ich konnte spüren, wie er noch härter in seiner Hose wurde.

Es kribbelte überall, meine Nässe traf seinen Finger, der immer härter zustieß. Ich stöhnte immer lauter, meine Hemmungen waren gerade irgendwo, aber nicht in diesem Lift.

»Zwei.«

Mir war sofort klar, was er damit meinte, denn ich spürte sofort, dass der Druck in meiner empfindlichen Stelle noch fester wurde. Julian hatte jetzt zwei Finger in mir ... und es fühlte sich einfach nur geil an.

»Schneller«, stöhnte ich und bewegte mich ihm entgegen.

»Du wirst nicht um meine Finger kommen!«

Werde ich nicht?

Er zog seine Finger aus mir und die Leere, die dabei entstand, war ein einfach nur furchtbar. Ich wäre fast gekommen, verflucht noch mal!

Ich sah ihn an und er lächelte liebevoll zu mir herunter. Mir war klar, dass mein Blick ein anderer als seiner war. Ich war wütend.

Das Öffnen eines Reißverschlusses ließ mich nach unten blicken. Er hatte seine Hose runtergeschoben.

»Ich will, das du auf meinem Schwanz kommst, Lexie. Keine Sorge, ich werde es dir auf jegliche Art besorgen ... aber das erste

Mal kommst du, weil mein Schwanz dafür gesorgt hat, und nicht anders. Verstanden?«

Ich war so überrascht von seiner Ehrlichkeit, dass ich einfach nur nickte. Julian küsste mich hart und fordernd und ich schmolz wieder dahin. Mit einem Ruck war er in mir und ich erstarrte vor Lust und Schock darüber, dass er so gut gebaut sein musste.

Mein Inneres dehnte sich gewaltig, das musste es auch, um ihn aufnehmen zu können.

Julian erstarrte in der Bewegung, während er langsam weiter in mich stieß.

»Heilige Scheiße«, stöhnte Julian in mein Ohr und ich schmolz wieder dahin.

Er sprach nicht weiter. Sein Blick traf meinen, als er sich langsam in mir bewegte. So etwas Intimes hatte ich noch nie erlebt. Ich trieb es gerade mit meinem Anwalt in einem Fahrstuhl ... und während er langsam in mich stieß, sahen wir uns, ohne mit der Wimper zu zucken, an. Das war so intim und so wunderschön, dass sich mein Unterleib langsam, aber stetig zusammenzog. Ich brauchte nicht mehr lange.

»Fuck, komm Lexie ... komm auf meinem Schwanz.«

Die Schweißperlen auf Julians Stirn und seine abgehackte Stimme zeigten mir, dass es für ihn gerade auch unglaublich war. Das stachelte mich natürlich noch mehr an.

Ich bewegte mich ihm entgegen, während er immer härter zustieß.

»Julian ...«

»Ja, das ist mein Name. Sag ihn, sag ihn, sooft du willst!«

Er knetete mit seiner Hand meine Brüste unter der Bluse, mit der anderen packte er meine Hüfte und bewegte sich immer schneller in mir.

»Jaaaaa, Julian ...«

Ich klammerte mich noch fester an ihn, mein Unterleib zog sich zusammen, und ich kam. Bei Gott, ich kam ...

»Verdammte ...«

Mehr sagte er nicht und ich spürte, wie sein Schwanz weiter in mir anschwoll, und dann kam er ... ein Brummen stieß er aus, dann lehnte er seine Stirn gegen meine Schulter.

»Das ist ... das war ...«

»Mmmh«, brummte ich diesmal und war einfach nur noch fix und alle.

»Du erdrückst mich«, durchbrach ich einige Sekunden später die Stille im Lift.

»Oh.«

Er ließ mich langsam runter und zog seine Hose sofort wieder hoch.

Meine Beine waren butterweich. Durchgevögelt halt.

»Hier ...«

Julian überreichte mir ein Stofftaschentuch. Fragend sah ich ihn an.

»Um dich sauber zu machen.«

Ach du Schande ... Er hatte recht. Peinlich berührt nahm ich das überteuerte Taschentuch und drehte mich von ihm weg, um seinen Samen von mir wegzuwischen ... *Genau, jetzt kommt das Schamgefühl zurück!*

Als ich mich wieder zu ihm wandte, stand Julian an der gegenüberliegenden Wand und musterte mich akribisch.

Man sah ihm nicht mal an, was da gerade zwischen uns passiert war. Er trug wieder das Jackett, einzig seine Haare waren etwas durcheinandergeraten, aber das verlieh ihm nur noch mehr Sexappeal.

»Was?«, fragte ich genervt.

Dieses Gaffen war nicht auszuhalten. Er starrte einfach nur, ohne irgendwas damit auszudrücken. *Er bereut es*, rief mein Unterbewusstsein. *Er hält dich für eine Schlampe*, flüsterte ein anderer Drecksack in meinem Kopf.

Nichts war mehr übrig von der Stimmung, die uns erst in diese Lage brachte. Na wunderbar. Ich hatte gerade einen One-Night-Stand im Fahrstuhl. Mit Julian. Der mehr war für mich. Aber ich nicht für ihn, wie es aussah.

Er drückte wieder den Knopf, als ich meinen Rock an die Stelle schob, an die er nun mal gehörte. Ich richtete meine Bluse, die total zerknittert war … ich hatte nicht mal meinen Mantel mitgenommen, der lag noch immer oben im Wartezimmer seiner Kanzlei. Oh Mann.

»Ich muss noch mal nach oben. Ich habe … meinen Mantel vergessen.«

Ohne mich eines Blickes zu würdigen, nickte er einfach nur starr und betätigte den Lift.

Er fuhr wieder nach oben.

Die ganze Zeit war die Stille das Einzige, was zu hören war. Oder eben nicht.

»Nach dir«, kam von ihm, als die Fahrstuhltüren sich öffneten.

Ich sah ihn nicht mal an, als ich mich sofort auf den Weg ins Wartezimmer machte.

Niemand schien irgendetwas mitbekommen zu haben.

Mein langer schwarzer Mantel war noch genau dort, wo ich ihn zurückgelassen hatte. Ich zog ihn mir über und hatte nur einen Gedanken: Flucht. Den hatte ich verdammt oft, seit ich Julian kannte. Warum hatte mir mein Unterbewusstsein *das* nicht mal zugeflüstert?

»Andrea, ich mache Pause.«

Julians Stimme riss mich aus meinen verzweifelten Gedanken.

»Und die Termine?«

Andreas geschockte Stimme konnte ich bis hier hören.

»Sagen Sie alle bis zum Mittag ab. Sie machen das schon.«

Bevor ich noch mal blinzeln konnte, um die Situation jetzt gerade verstehen zu können, kam Julian ins leere Wartezimmer. Er trug selbst einen langen Mantel, dabei hielt er seine Aktentasche in den Händen und lächelte mich zaghaft an. Als wüsste er gerade nicht, was er tun sollte.

»Kommst du?«

»Wohin?«

»Ich würde dich gerne zum Frühstück einladen.«

Wie bitte?

»Ich habe schon gefrühstückt«, antwortete ich trotzig und verschränkte die Arme vor der Brust.

Seufzend fuhr dieser Kerl sich durch die Haare. Wusste er eigentlich, wie heiß das aussah?

»Mach es mir doch nicht so schwer, Lexie. Ich weiß, ich habe … also, das lief nicht … was ich genau sagen will.«

Fragend sah ich Mr. Arrogant-und-überheblich an.

Noch einmal holte er tief Luft, starrte mich dann an und lächelte beschwichtigend.

»Das gerade, das war alles andere als geplant.«

»Ach, wirklich?«

»Für wen hältst du mich?«, fragte er mich mit geschockter Miene.

Erleichtert über seinen kleinen Ausbruch, ließ ich die gestrafften Schultern langsam wieder etwas sinken.

»Ich kann dich ehrlich gesagt schlecht einschätzen«, gab ich leicht frustriert zu.

»Und dazu hast du, glaube ich, jegliches Recht.«

Wow. Hatte er das gerade wirklich zugegeben?

»Ich möchte das aber gern ändern. Also, deine Meinung über mich.«

Er stellte sich näher zu mir und berührte meine Arme, streichelte sie langsam.

Sofort überkam mich wieder diese Gänsehaut … obwohl ich mehrere Schichten Stoff trug.

Seine Augen funkelten amüsiert. Er bemerkte meine Reaktion auf ihn. *Mistkerl.*

»Und wie?«, fragte ich ihn zögerlich.

»Lexie …«

Wieder zog er meinen Namen lang vor sich her, unterbrach aber nicht den Blickkontakt. Das konnte also nichts Schlechtes bedeuten.

»Du weißt, dass ich meine Gründe hatte. Ich konnte dir nicht so nah sein, während ich als dein Anwalt dafür sorgen musste, dass du endlich geschieden wirst. Rechtskräftig, mit den Mitteln, die dir danach einfach zustehen.«

Er meinte den Unterhalt. Den er sich einfach genommen hatte, ohne mich zu fragen.

3,5 Millionen Dollar. Großer Gott … was für eine Summe.

»Okay«, war die einzige Antwort, die aus mir herauskam.

»Wirklich?«

Julian starrte mich weiter an und schien irgendeinen Zweifel in mir zu suchen.

Was sollte ich denn noch sagen? Dass er selbst durch seine Scheidung ein gebranntes Kind war? Dass er sich selbst zwei Regeln auferlegt hatte, wobei ich da auch nur eine kannte? Julian Croft war mir immer noch ein Rätsel. Aber irgendwas sagt mir gerade, dass dieses Rätsel bald keines mehr sein würde. Vielleicht würde ich ihn irgendwann besser verstehen können.

»Dann komm mit mir.«

»Wohin?«

»Du hast gefrühstückt, also gehen wir Kaffee trinken.«

Er nahm meine Hand und zog mich wieder mit sich zum Fahrstuhl.

»Kaffee?«

»Oder trinkst du keinen?«

Er blieb sofort stehen und musterte mich fragend.

»Doch, ich trinke Kaffee.«

Ich liebte ihn. Aber diese ungesunde Angewohnheit musste er ja noch nicht kennen.

Julian lächelte erleichtert auf.

»Gut, dann lass uns gehen.«

Er sprach es so stolz aus, als würden wir jetzt eine Olympiamedaille bekommen.

»Ähm ... okay ...«

Ich war völlig perplex. Wer war dieser Mann neben mir?

»Starr nicht so, Lexie«, lachte Julian ausgelassen und stieg wieder in den verheißungsvollen Lift. Kopfschüttelnd trat ich ein und er drückte wie zuvor die Taste zum Erdgeschoss.

»Das wird eine lange Fahrt«, seufzte Julian und kniff sich den Nasenrücken, als würde er gleich die Fassung verlieren. Verdammt. Mein Slip sammelte schon wieder verdächtig viel Feuchtigkeit.

Aber nichts geschah. Julian blieb auf seiner Seite des Fahrstuhls. Er starrte mich zwar, ohne zu blinzeln, an, sagte und tat aber nichts. Auch wenn ich mir was anderes gewünscht hätte. Aber eine zweite Runde hier drinnen würde alles noch verkomplizieren. Ich meinte, ich wusste nicht mal, was das erste Mal zu bedeuten hatte.

Zehn Minuten später saßen wir in einem Starbucks. Ich war wirklich mehr als überrascht, als Julian mich hierher mitnahm. Ich erwartete eigentlich irgendein Café, das nur die oberen Zehntausend betreten durften. Aber wie gesagt, heute schien der Tag zu sein, an dem Mr. Croft seine andere Seite zeigte.

Das Café war brechend voll und doch ergatterte Julian einen Tisch direkt am Fenster.

Es war fast Mittag, die Straßen waren also überfüllt und die Leute hetzten über die Bürgersteige. Manhattan war einfach der Stadtteil, der wirklich nie schlief.

»Tut das gut«, stöhnte ich in den Kaffeebecher, als ich den ersten Schluck nahm.

»Kaffeejunkie also«, stellte Julian belustigt fest.

Großer Gott, hatte ich gerade gestöhnt? Im Starbucks? Während Julian neben mir saß? Mit dem ich gerade im Fahrstuhl geschlafen hatte? *Sieht wohl so aus.*

»Kaffee ist sozusagen mein Grundnahrungsmittel«, erklärte ich ihm und ließ ihn dabei nicht aus den Augen. Wäre auch nicht nötig gewesen. Er starrte mich ebenso an.

»Und du bist Lehrerin.«

Wieder keine Frage. Er stellte es fest.

»Mit Leib und Seele.«

Wieder sahen wir uns an und da war dieses ... dieses Gefühl ... als wären wir wieder im Fahrstuhl. Darüber hatten wir bisher nicht ein einziges Wort verloren. Aber er konnte vergessen, dass ich das als Erste ansprach.

»Wieso hast du dich entschieden, Lehrerin zu werden?«

»Ich wollte unterrichten. Dass ich ausgerechnet Grundschullehrerin geworden bin, ist eher Zufall. Ich hätte auch an eine Highschool gehen können.«

»Mit pubertierenden Teenagern?«

Julian sah mich ungläubig an.

»Das sind Schüler, Julian.«

»Ich kenne 15-jährige Jungs. Die haben nichts weiter im Kopf, außer es endlich mal zu tun.«

»Klar, und da biete ich mich an«, lachte ich sarkastisch auf.

Julian schüttelte belustigt den Kopf. Was für ein Thema ...

»Du wärst jedenfalls auch mein heimlicher Traum gewesen, hätte ich dich mit 15 als Lehrerin gehabt.«

Mein Lachen erfror und ich wurde sicher puterrot. Julian sah mich an und meine Eingeweide zogen sich verräterisch zusammen. Ich glaubte, sein Blick würde mich innerlich immer wieder entwaffnen.

»Hör mal.«

Er stellte seinen Kaffee ab und holte wieder tief Luft. Mittlerweile wusste ich, dass das eine Geste von ihm war, um sein Unbehagen irgendwie zu kontrollieren.

»Das, was gerade im Lift passiert ist ...«

Mein Herz schlug wie wild in meiner Brust, ich stellte meinen Becher vorsichtshalber auf den Tisch. Man wusste ja nie.

»Was ist los, Lexie? Du siehst so blass aus?«

Julian griff nach meiner Hand und sah mich voller Sorge an. Was war denn jetzt los?

»Nichts ... es ist nichts.«

Ich klang wirklich kläglich.

»Gott, Lexie. Es tut mir so leid.«

Julian ließ meine Hand los, fuhr sich durch sein strubbeliges Haar und sah nachdenklich nach draußen.

»Es ist wegen der Sache im Fahrstuhl, oder? Glaub mir, ich ... ich hatte mich nicht im Griff. Ich mach das sonst nicht. Aber du sahst, nein du siehst so heiß aus in dem Rock und der engen Bluse ...«

Ich blickte an mir herab.

»Dann hat das mit der Scheidung noch geklappt. Ich meine, ich war wirklich voller Glückshormone.«

Julian starrte mich ehrfürchtig an. Mein Herz pumpte doppelt so viel Blut in meine Venen wie sonst.

»Ich hatte eigentlich vor, mit dir frühstücken zu gehen und dich zu bitten, mit mir heute Abend essen zu gehen.«

Wieder ergriff er meine Hand und streichelte sanft über meinen Handrücken. Sofort stellten sich meine Nackenhaare auf.

»Du wolltest mit mir essen gehen?«

Jetzt lächelte er wieder. Allgemein wirkte er wieder etwas entspannter.

»Ich habe dir gesagt, dass du Geduld mit mir haben sollst. Und … ich will dich, Lexie. Ich will mit dir zusammen sein. Wir haben … ich habe alles eine Nummer zu schnell angefangen. Großer Gott, ich weiß, ich sollte das nicht, aber ich denke die ganze Zeit daran, wie es sich angefühlt hat, als ich in dir war …«

Hätte ich an meinem Kaffee genippt, wäre ich mit Sicherheit daran erstickt. Ich sah zu Julian, der mich abwartend musterte. Er wartete auf meine Reaktion.

»Es steht nichts mehr zwischen uns. Du bist geschieden. Ich bin nicht mehr dein Anwalt. Es wird keinen Gewissenskonflikt mehr geben.«

Stellte er gerade unsere Situation klar? Ich glaubte schon!

Ich lehnte mich zurück, er wartete immer noch ab.

»Wohin würdest du mich denn zum Essen ausführen?«

Sein schiefes Grinsen übertraf gerade alles.

»Kommt drauf an, was du gerne isst.«

»Italienisch ist okay, chinesisch noch besser, indisch ist inakzeptabel.«

Julian nickte verstehend.

»Ist gespeichert.«

»Wie alt bist du eigentlich?«, stellte ich die erste persönliche Frage überhaupt, fiel mir auf.

»Du hast mich nicht gegoogelt?«

Ich schüttelte den Kopf. Ich war kein Fan von diesen Dingen.

»Ich bin dreiunddreißig.«

»Hobbys?«, fragte ich weiter und nippte an meinem Kaffeebecher.

»Spielen«, antwortete er, ohne die Miene zu verziehen. Diesmal verschluckte ich mich an meinem Kaffee.

»Sehr witzig«, krächzte ich.

»Hey, so etwas kannst du mich nicht ernsthaft fragen, wenn ich nur noch an diese Lift-Nummer denken kann.«

»Dann war es also dein erstes Mal in einem … Fahrstuhl?«, fragte ich vorsichtig nach.

Julian nickte.
»Verdammt, ja. Moment, und bei dir?«
Seine Augen weiteten sich und ich ließ mir extra viel Zeit zu antworten. Julians linke Hand wurde zur Faust.
»Lexie«, dehnte er wieder meinen Namen. Diesmal mit einem aggressiven Unterton in der Stimme.
»Meine Güte«, verdrehte ich die Augen. »Was glaubst du denn?!«
Sofort entspannte sich seine ganze Statur merklich.
»Okay, erzähl mir was über deine Familie.«
Julian sah mich abwartend an.
»Meine Familie? Da gibt es nicht viel zu erzählen. Meine ... Eltern leben noch in meiner alten Heimatstadt. Wir kommen aus Minnesota. Dann ging ich aufs College und sah nie wieder zurück.«
»Wieso?«
Ich zuckte unbehaglich mit den Schultern.
»Es hielt mich nichts mehr dort.«
»Verstehe.«
Ich starrte zu ihm rüber. Er fragte nicht weiter nach. Ich war froh darüber.
»Meine Mom kommt einmal im Jahr hoch. Wir treffen uns und das war's.«
»Und dein Vater?«
»Säuft sich zu Tode. Wer weiß das schon?«, antwortete ich schnaubend.
Wieder sagte er nichts weiter dazu. Was sollte er auch sagen? Dass er ein Säufer war? Wusste ich alles bereits.
»Und was ist mit dir? Hast du Familie?«
Julian lächelte.
»Meine Eltern leben auf Long Island. Ich hab keine Geschwister und mein bester Freund ist Jackson. Den du bereits kennst.«
Den letzten Satz brummte er eher. Meine Güte, man konnte es auch übertreiben.
»Und Sidney? Woher kennst du sie? Was verbindet euch?«
Er zuckte mit den Schultern. Aha, jetzt wurde es ihm wohl zu unbehaglich.
»Sie hat mir die Augen geöffnet.«

Diesmal fragte ich nicht nach. Die drückende Stimmung spürte ich auch so.

»Irgendwann erzähle ich dir alles, Lexie. Versprochen.«

Wieder drückte er meine Hand. Ich fühlte mich sofort besser. Seine grüngrauen Augen strahlten mich einfühlsam an.

»Okay.«

Das reichte mir. Es gab viele Menschen, Männer, die sich erst öffneten, wenn sie einer Frau vollkommen vertrauten.

»Gut. Gehst du heute Abend mit mir essen?«

Zögernd sah ich ihn an. Julian wartete auf meine Antwort, seine Stirn runzelte sich immer stärker.

»Komm schon, Lexie.«

»Also gut«, antwortete ich total genervt.

Nur, um dann wie bekloppt zu grinsen. Julian erwiderte es.

»Schön. Ich hol dich um 20 Uhr ab. Zieh … zieh bitte keinen Rock an.«

Er stand auf und musterte mich intensiv. Wieso sollte ich keinen Rock anziehen?

»Ich geh jetzt besser …«

Julian schluckte merklich angestrengt, beugte sich herunter zu mir und gab mir einen sanften Kuss auf die Wange. Ich musste einmal tief Luft holen, um den kurzen Körperkontakt zu überstehen. Mehr würde ich jetzt nämlich nicht bekommen.

»20 Uhr … kein Rock. Sonst …«

Er beendete seinen Satz nicht und verschwand dann aus dem Café.

Ich sah ihm noch eine ganze Weile nach.

8

JULIAN

Das war jetzt der dritte Termin, dem ich kaum folgen konnte. Normalerweise würde ich mir selbst in den Arsch beißen. Aber die Gedanken an Lexie stellten alles in den Schatten. Selbst meine Arbeit wurde zur Nebensache. Wer hätte das gedacht?

Ich roch sie noch immer. Wenn jemand wüsste, dass ich das Taschentuch behalten hatte, mit dem sie sich sauber gemacht hatte …

Ich fuhr mir durchs Haar, während ich hinaus auf die Skyline New Yorks schaute. *Fuck …*

Ein einziges Mal war ich in ihr … und es war phänomenal. Seit Stunden dachte ich an nichts anderes mehr. Was machte ich mir vor? Der Fahrstuhl würde für mich jetzt immer nur noch eines bedeuten … die geilste Erinnerung meines Lebens. Aber nein, das sollte nicht nur eine Erinnerung bleiben. Lexie und ich … das war mehr, als ich je zu glauben gewagt hatte.

Ich wusste, dass ich die Sache am Anfang völlig falsch angegangen war. Ich hatte sie auf Abstand gehalten, um mich selbst zu schützen und meine dämlichen Regeln nicht zu brechen. Aber Fakt war nun mal, dass ich …

Das Klopfen an meiner Bürotür riss mich aus meinen Gedanken.

»Herein!«

Ich legte meine Hände in die Hosentaschen, als Andrea mit Sid hereinkam.

»Sie haben nicht auf den Lautsprecher reagiert, Mr. Croft.«

Hatte ich nicht? Wann hatte sie bitte …

»Lassen Sie sie rein.«

Sid stolzierte in mein Büro und Andrea verabschiedete sich.

»Was kann ich für dich tun, Sid?«

Ich gab ihr zwei Küsse auf die Wange, während sie sich in den Stuhl vor meinem Schreibtisch setzte. Es war ungewöhnlich, dass sie sich nicht vorher angemeldet hatte.

»Ich hab versucht, dich auf deinem Handy zu erreichen«, begann sie.

Hatte sie das? Verdammt noch mal. Bekam ich überhaupt noch irgendwas mit?

Was, wenn Lexie was passiert war? *Ganz ruhig, Großer. Warte erst mal ab!*

»Ich hatte heute viel zu tun«, versuchte ich, mein Nicht-Erreichen zu erklären.

Sid seufzte und lehnte sich auf ihrem Stuhl zurück. Ich beugte mich vor und beobachte sie. Sid trug wie immer ein aufreizendes Kleid, das aber auch wieder Klasse ausstrahlte. Nicht umsonst war ihre Agentur so erfolgreich.

»Ich mache mir Sorgen, Julian.«

»Worüber?«

Ich verschränkte die Arme vor der Brust.

»Ich hab Lexie vorhin angerufen. Sie teilte mir mit, dass ihr heute essen gehen werdet.«

Aha. War das jetzt ein gutes Zeichen, dass sie das schon ihrer besten Freundin erzählte?

»Freut mich, dass du diese Information bekommen hast. Und was hat das jetzt damit zu tun, dass du dir Sorgen machst?«

»Julian, verkauf mich nicht für dumm. Allein die Nummer, als du vor ihrer Haustür standest. Sie hat sich wegen dir abgeschossen. Weil sie erfahren hat, dass du diese unmögliche Lilian McTavish gedatet hast.«

Ich verdrehte die Augen und machte mich wieder auf zu meiner Skyline. Das beruhigte mich immer ungemein.

»Lilian war meine Begleitung. Du weißt so gut wie ich, dass man ohne Begleitung nicht zu solch einer Veranstaltung gehen kann.«

»Ich weiß das. Aber Lexie nicht. Ich muss dir ja nicht sagen, dass sie auch zu Michael-Zeiten bei keinen dieser Veranstaltungen aufgetaucht ist, oder?«

»Michael ist ein Stück Dreck. Er hat es vorgezogen, die dummen Bunnys auf den Toiletten zu vögeln, anstatt seine Frau mitzunehmen. Das wird mir nicht passieren.«

»Und da wären wir also beim nächsten Thema. Hast du es ihr bereits gesagt, Julian?«

Sie hatte es sicherlich nicht gesehen, aber ich zuckte leicht zusammen. Sie war also *deswegen* hier. Ich hätte es wissen müssen.

»Ich werde es ihr noch sagen.«

»Wann? Je länger du wartest, desto weniger gut wird sie es aufnehmen.«

»Ich weiß«, antwortete ich resigniert.

»Und ich belüge sie auch. Sie hat genug durch, verflucht noch mal.«

»Was willst du jetzt von mir hören, Sid?«

Ich drehte mich zu ihr um und sah sie fragend an.

»Du wirst es ihr sagen. Sie muss wissen, dass Jules, deine Exfrau, mit Michael schläft. Und es auch schon vor einem Jahr getan hat. Du sagst es ihr heute Abend.«

»Was?«

»Du hast mich schon verstanden. Lexie hat die Wahrheit verdient. Du hast nicht mitbekommen, wie dieser Mistkerl sie von morgens bis abends verarscht hat.«

Sie senkte den Blick und starrte ihre Designerhandtasche an.

»Ich habe ihr damals nichts gesagt. Als ich Jules mit Michael erwischt hatte, habe ich nichts gesagt. Weil du es so wolltest. Dann passierte das mit Lexie ... Gott, ich fühle mich so schuldig. Ich hätte sie eher da rausholen sollen. Als sie einen Anwalt brauchte, wusste ich, dass du ihr da raushelfen kannst. Natürlich war mir klar, dass du somit auch endlich die Nadel im Heuhaufen suchen konntest. Und du hast sie gefunden. Sonst wäre sie heute nicht geschieden worden, oder?«

Ich nickte stumm. Sie brauchte nichts von Michaels Machenschaften zu wissen. Ich erwartete noch so einiges von Mr. Pike und da brauchte er nicht noch Schießpulver. Und das wäre Sid, wenn sie mehr wüsste, als ihr guttun würde.

»Wenn ich gewusst hätte, dass Lexie Michaels Frau ist, dann …«

»Was dann? Hättest du Michael schon vor einem Jahr auseinandergenommen?«

»Herrgott noch mal. Ich habe ihn nicht auseinandergenommen. Wäre Lexie nicht, wäre der Mistkerl jetzt für mindestens dreißig Jahre im Knast!«, brüllte ich schon fast.

Sid sah mich überrascht an.

»Du hast ihr den Unterhalt besorgt, anstatt … aber du wolltest ihn doch bluten lassen. Ich kapier es nicht.«

»Glaub mir. Ich auch nicht.«

Ich blickte wieder hinaus.

»Hör mal, Julian. Du weißt, dass du es ihr sagen musst. Ich habe keine Ahnung, was da zwischen euch läuft, aber ihr tut euch anscheinend gut. Und … wenn das was werden soll, dann verdient sie die Wahrheit. Was glaubst du, was passiert, wenn sie es durch einen dummen Zufall rausfindet? Sie wird dir, uns, nicht mehr vertrauen. Ich habe schon viel zu lang so getan, als wäre ich völlig ahnungslos, was Michaels Affären angeht.«

»Ich werde es ihr sagen, Sid. Mach dir keine Sorgen.«

»Es ist besser, wenn du es ihr sagst.«

Ich lachte laut auf und schaute meine langjährige Freundin an.

»Meinst du? Ja?«

»Auch wenn sie mich deswegen umbringt, aber sie ist verrückt nach dir. Sie hat sich noch nie so besoffen. Und noch nie stand ein Kerl mitten in der Nacht vor ihrer Tür, um sie ritterlich in die Wohnung zu tragen. Also erzähl mir nicht, dass du nicht genauso verrückt nach meiner Freundin bist.«

Ich war nicht nur verrückt nach Lexie … ich konnte nicht mehr ohne sie.

Ich blickte auf die Uhr. Noch zwei Stunden, dann sah ich sie wieder. Und dann würde ich es ihr sagen.

»Ich hätte echt alles gedacht, aber nicht, dass ihr beide miteinander … na ja …«

Sie wedelte angewidert mit den Händen, ich zog lächelnd die Augenbrauen hoch.

»Sprich dich aus.«

»Ach, halt doch die Klappe, Julian. Ich bin noch verabredet. Sag mir bitte Bescheid, wenn du es ihr gesagt hast.«

»Sicher.«

Minuten später war sie wieder weg und ich war allein. Scheiße. Der Abend sollte nur mir und Lexie gelten. Jetzt würde er der reinste Horror für sie werden.

9

LEXIE

Ich öffnete die Haustür, als Julian pünktlich um 20 Uhr davor stand. Er trug wie immer einen Anzug, diesmal aber ohne Krawatte. Der Kragen war locker, darüber konnte man seinen tollen Designermantel bestaunen. Er lächelte mich an.

»Lexie …«

Seine Augen verfinsterten sich, aber es war eher dieser heiße Blick, den ich bereits aus dem Lift kannte.

»Was ist?«

Ich griff nach meiner dünnen Strickjacke und legte mir diese über.

»Du hast ein Kleid an.«

»Wow, dein Sehnerv funktioniert. Herzlichen Glückwunsch.«

»Ich hatte gesagt …«

»Keinen Rock. Daran habe ich mich gehalten.«

Julian öffnete den Mund, schloss ihn aber gleich wieder. Holte stattdessen einfach noch mal tief Luft.

»Und was ist das?«

Er sah meine kleine rosa Schachtel fragend an.

»Ach, das. Dessert.«

»Dessert? Wir gehen essen, Lexie.«

Julian starrte mich zweifelnd an. Nein, den Verstand hatte ich tatsächlich noch nicht verloren.

»Ja, auch das ist mir bewusst.«

Ich schloss die Tür und er folgte mir. Ich spürte seinen fragenden Blick in meinem Rücken.

Julians SUV parkte direkt vor meinem Haus, aber ich hatte da noch etwas zu erledigen.

»Wo willst du hin?«, rief er mir hinterher, als ich nicht zum SUV, sondern auf die andere Straßenseite wanderte.

Ich hörte seine Schritte hinter mir. Sehr gut.

»Lexie«, mahnte er mich, denn ihm wurde so langsam klar, wohin ich lief.

»Guten Abend«, begrüßte ich meinen heutigen Stalker.

»Das darf doch nicht wahr sein«, seufzte Julian hinter mir.

Ich sah seinen heutigen Mitarbeiter lächelnd an, während ich die Schachtel öffnete und ihm diese hinhielt.

»Für die Mühe. Bitte, bedienen Sie sich.«

Mein Bewacher blickte skeptisch zu Julian herüber. Er bewegte sich unbehaglich auf seinem Sitz seines unauffälligen Audi A1. Ich klimperte noch etwas extremer mit den Wimpern und stützte mich an seinem offenen Fenster ab.

»Jetzt nehmen Sie schon«, meckerte Julian hinter mir, und tatsächlich: Der Stalker nahm mir die Schachtel ab und bedankte sich brummend. Bulle blieb halt Bulle.

»Ist ja gut. Ich hab's kapiert«, kam jetzt von Julian, als wir zum SUV gingen.

»Ach, wirklich? Hast du das?«

»Er ist zu deinem Schutz da, Lexie.«

Julian öffnete mir die Tür und ich stieg ein. Er folgte mir.

»Henry, fahren Sie los«, seufzte er in seine Hand hinein.

»Jawohl, Sir.«

»Hi Henry«, rief ich durch das Auto.

»Guten Abend, Miss Johnson.«

»Michael wird mir nichts mehr tun. Also hör endlich auf, mir diese bulligen Engländer vors Fenster zu stellen. Dir ist schon klar, dass ich bisher jeden Typen beim Stalken erwischt habe? Was glaubst du, wie das wäre, wenn Michael hier stehen würde. Er würde das auch bemerken, bevor ihr ihn überhaupt entdeckt. Mal darüber nachgedacht? Wie viel Geld gibst du dafür überhaupt aus?«

»Das ist es mir wert. Deine Sicherheit ...«

»So viel?«, fragte ich ihn panisch.

»Lexie ...«

Er nahm meine Hand und drückte sie sanft.

»Dir ist klar, dass ich genug Geld habe, um mir eigenes Sicherheitspersonal zu besorgen, oder?«, fragte ich seufzend.

Gut, er wusste auch, dass ich dieses blöde Geld niemals nutzen würde. Aber ich pokerte hier gerade und dazu musste man halt mal ein paar Bluffs hinlegen.

»Und ist dir auch klar, dass ich noch kürzere Kleider besitze? Und wir haben eine super Konditorei, nur zwei Blocks weiter.«

Jetzt klimperte ich unschuldig mit den Wimpern. Julian verstand sofort.

»Das würdest du nicht tun!«

»Oh doch, mein Freund.«

Julians Nasenflügel bebten. Ich würde gerne lachen, aber irgendwie wusste mein Unterbewusstsein, dass das jetzt gerade ein Riesenfehler gewesen wäre.

Sein Blick bohrte sich in meinen, aber diesmal versuchte ich, mir nichts anmerken zu lassen.

Ich hatte mich für das kurze Schwarze entschieden. Das war fast schon eingestaubt in meinem Kleiderschrank. Sid würde jetzt beide Daumen hochhalten. Aber ich zupfte schon zum tausendsten Mal an meinem Kleid herum. Es war so ungewohnt …

Auch Julian entging das nicht, er starrte immer wieder zu meinen halb nackten Beinen. Das war ja schon so geplant. Ich wollte ihn ärgern. Und endlich meine Freiheit wiederbekommen. Klar, die Bullen vor meiner Tür störten mich nicht. Sie hielten sich immer im Hintergrund. Aber dass Julian immer Bescheid wusste, wo ich war … das war doch verrückt.

»Okay, die Tagesschicht zieh ich ab. Nachts wird jemand vor deiner Tür stehen. Darüber diskutiere ich nicht.«

»Das Geld, das du dafür ausgibst, könntest du anderweitig anlegen«, antwortete ich trotzig.

Mir war klar, dass mir die Hände mittlerweile mehr als gebunden waren. Mehr würde er mir wohl nicht entgegenkommen. Aber besser als nichts, oder?

Mann, Lexie, früher hättest du dich besser durchsetzen können! Ja, früher kannte ich auch noch keinen Julian Croft.

»Michael wird mich ab jetzt in Ruhe lassen, Julian. Er ruft schon seit Wochen nicht mehr an.«

»Besser für ihn«, kommentierte er trocken.

»Also, wohin fahren wir?«

»Du hast gesagt, du liebst chinesisches Essen«, grinste Julian verschlagen.

Dieses Grinsen ... Mir war aufgefallen, dass er mir vorhin zur Begrüßung keinen Kuss gegeben hatte. Okay, vielleicht lag es auch an meinem Outfit, dass ihm die Sprache und die Hirnzellen kurzzeitig fehlten.

»Ich kann mir nicht vorstellen, dass wir jetzt zu meinem Lieblingsimbiss fahren und die Nummer neununddreißig für vier Dollar bestellen.«

Julian lachte. Hatte ich schon erwähnt, wie toll er sich dabei anhörte? Und dabei zeigte er immer seine perfekt weißen Zähne. Zum Hinknien!

»Als ich hierhergezogen bin, hatte ich überhaupt keine Ahnung, wo es gutes Essen gab. Jackson nahm mich mal abends mit, ich war gerade Juniorpartner in einer kleinen Kanzlei geworden und hatte mal wieder Überstunden geschoben. Ich hatte den Tag über nichts gegessen und da standen wir dann ...«

Der Wagen hielt an. Julian verließ das Auto und half mir auch hinaus. Wir standen direkt vor einem leuchtenden Gebäude. Die chinesischen Buchstaben blendeten fast schon meinen Blick. Wooow. Der Laden nannte sich *Black Tiger.*

»Der ist ja riesig.«

»Jepp. Als ich vor zehn Jahren herzog, war der Laden vielleicht zwanzig Quadratmeter groß. Sie haben sich vergrößert und sich einen verdammt guten Namen in Soho gemacht. Komm.«

Er ergriff meine Hand, zwinkerte mir zu und zog mich mit sich. Allein diese kleine Geste, dass er meine Hand wie selbstverständlich in seine legte, fühlte sich toll an. Ich fühlte mich wohl und geborgen.

»Guten Abend, Mr. Croft«, begrüßte uns eine kleine chinesische Mitarbeiterin mit typischem Akzent.

Wow, er war hier also bekannt.

»Ein Tisch für zwei, bitte.«

»Selbstverständlich.«

Wir folgten der Dame und kamen an einem Tisch an, der natürlich in einer ruhigen Ecke stand. Sie zündete eine Kerze an. Julian zog sogar meinen Stuhl zurück.

Sie reichte uns die Speisekarte.

»Was wünschen Sie zu trinken?«

»Wein?«, fragte er mich und ich nickte hastig.

Dann sprachen die beiden über irgendeine Weinempfehlung. Es fielen einige französische Namen, die ich weder kannte noch selbst aussprechen konnte.

Als die Kellnerin verschwand, sah ich weiter in die Karte.

Die Preise waren merklich höher als in einem normalen chinesischen Restaurant. Auch die Einrichtung ... die Stühle waren mit wunderschönen Verzierungen versehen. Die Tischdecke bestand weder aus Papier noch aus Plastik, wie ich es normalerweise kannte.

Es gab auch keine nervtötende Hintergrundmusik, hinter uns spielte nämlich tatsächlich eine chinesische Band. Sie benutzten Instrumente, die ich noch nie zuvor gesehen hatte.

Die Gäste sahen auch alles andere als durchschnittlich aus. Einige Anzugträger waren zu sehen, deren Frauen trugen alle Hosenanzüge oder viel zu viel Make-up.

»Früher war der Laden ein Insidertipp. Mittlerweile weiß jeder, was er zu bieten hat«, erklärte Julian mir.

Er musste meinen skeptischen Blick mitbekommen haben.

»Du gehörst doch selbst du denen.«

Seine Augenbrauen zogen sich nach oben.

»Definiere *zu denen.*«

»Na, du verdienst sicherlich mehr als genug. Dein Ruf als Anwalt eilt dir voraus. Du bist erfolgreich und lebst es vor.«

Julian legte die Speisekarte zurück auf den Tisch. Er sah etwas verärgert aus.

»Ich verdiene Geld. Ja, auch mehr, als ich je ausgeben kann, das ist richtig. Mein Ruf, ja, auch der ist nicht außer Acht zu lassen. Ich weiß, was ich tue. Ich bin ein guter Anwalt.«

Meine Güte, mochte er jetzt ein Leckerli haben? Oder den Kopf gekrault bekommen?

»Ich bin in Phoenix aufgewachsen. Meine Mom verdiente als Putzfrau nebenbei Geld, weil mein Vater nicht genug nach Hause brachte. Er war Fabrikarbeiter.«

Ich hörte ihm gespannt zu.

»Wir lebten von Pfandflaschen und dem, was meine Mutter immer wieder zum Pfandleiher brachte. Bis mein Vater eine Idee hatte. Er tüftelte immer an verschiedenen Dingen. Er war nicht dumm. Jedenfalls machte er irgendwann gutes Geld mit einer Erfindung. Das Geld investierte er in mehrere Immobilien und dann lief es.«

Julian schien in Erinnerungen zu schwelgen, denn er lächelte. Es war schön zu sehen, dass seine Erinnerungen ihn nicht verletzten. Das sah bei mir ganz anders aus.

»Als ich die Highschool abschloss, war mein Ziel glasklar. Ich wollte nicht noch mal zurück. Ich wollte mir keine Sorgen mehr machen, ob ich die Stromrechnung bezahlen könnte. Ich wollte keine Angst haben, wenn ich zum Briefkasten gehe. Nein, ich wollte das alles nicht. Als ich einundzwanzig wurde, war mein Vater bereits mehrfacher Millionär.«

»Wow«, kommentierte ich beeindruckt.

»Als sie sich auf Long Island ein Haus kauften, blieb ich nach dem Collegeabschluss hier. New York war kein schlechter Platz, um es als Anwalt weit zu bringen.«

»Und du hast es geschafft«, stellte ich fest.

Julian nickte, aber er sah mich dabei nicht an. Er starrte die Flamme der Kerze an.

Was hatte sich an seiner Stimmung geändert?

»Ich traf Jules, als ich gerade meine ersten größeren Fälle gewonnen hatte.«

Ach du Scheiße. Er redet über Jules? Seine Exfrau?

»Ich war wirklich der Meinung, dass mich keiner schlagen könnte. Ich hatte einen Lauf und da tauchte diese Frau auf, die nicht nur super aussah, sondern auch aus gutem Hause kam.«

Sollte ich jetzt Jubelschreie ausstoßen? *Ach, hör doch auf, der Mann öffnet sich dir gerade!*

»Ich meine, ich war in Phoenix ein Niemand. Weil ich mich auf den Arsch gesetzt hatte, nahm mich die Yale auf ... Stipendium.«

»Harvard«, lächelte ich und Julian schüttelte amüsiert den Kopf.

Jepp, wir waren also sozusagen verfeindet. Passte also wie die Faust aufs Auge.

Plötzlich verdunkelte sich sein Gesichtsausdruck wieder.

»Ich fühlte mich wie Gott höchstpersönlich. Die halbe Stadt feierte mich als neues Genie im Familienrecht und prophezeite mir eine wunderbare Zukunft. Und Jules stellte sich neben mich und sagte der halben Welt, dass sie zu mir gehörte.«

Okay, und was sollte mir das jetzt alles sagen?

Ich spielte mit der Stoffserviette herum, um mein Unbehagen zu kompensieren.

Die Kellnerin kam zurück und stellte die Gläser und eine Flasche auf den Tisch. Sie zeigte Julian die Weinflasche, der nickend bestätigte, und dann goss sie uns ein.

»Wir brauchen noch einige Minuten«, erklärte er ihr.

Sie nickte stumm und verließ uns wieder.

»Sid warnte mich. Dass Jules nicht die sei, die sie bei mir vorgab zu sein. Ich glaubte ihr natürlich nicht. Wieso auch? Ich war noch nicht lang genug in New York, kannte diese Gesellschaft kaum. Heute weiß ich, dass sie aus gelangweilten Oberreichen besteht, die zwischen Intrigen und ihrem eigenen Leben nicht mehr unterscheiden können. Zehn Monate nachdem ich Jules das erste Mal getroffen hatte, heiratete ich sie.«

»Sechs Monate«, sprach ich dazwischen und unsere Blicke trafen sich.

Wieder lächelten wir uns zaghaft an. Wir hatten viel gemeinsam. Es waren zwar nicht immer schöne Gemeinsamkeiten, aber wir hatten dasselbe erlebt.

»Ich weiß nicht, wann es anfing ... vielleicht war es von Anfang an so, ich kann es nicht mal mehr genau sagen. Aber sie brauchte regelmäßig ihre Beautytage und ich war oftmals zu beschäftigt, das überhaupt zu bemerken. Vor einem Jahr ... rief Sid mich an. Sie war völlig aufgelöst und erklärte mir, sie habe meine Frau gesehen, was nicht verwunderlich war. Meine Güte, die beiden begegneten sich immer wieder mal. Ich dachte mir zunächst nichts dabei. Sid sagte mir, Jules habe im Waldorf Astoria eingecheckt, was nicht sein konnte. Ihr Beautyhotel war irgendwo in Connecticut.«

Julian nahm einen großzügigen Schluck vom Wein.

»Das ist alles eigentlich zu viel Einleitung und nebensächlich. Also, was ich sagen wollte ...«

»Julian, was für eine Überraschung.«

Eine Frau stand an unserem Tisch und starrte Julian an. Ihr Lächeln war nicht echt. Das konnte selbst ich sehen.

»Was willst du denn hier?«

Julian sah sie voller Kälte an. Wow. Wenn ich gedacht hatte, er könne mir ab und an Angst einjagen, war dieser Blick ja jetzt der pure Albtraum. Wer war diese Frau?

»Ich wollte etwas essen. Was macht man sonst in einem Restaurant?«

Jetzt blickte sie mich an. Sie war eine hübsche Frau. Blondes, lockiges Haar. Sie trug eine Stoffhose, dazu eine passende rosa Bluse. Sie war beladen mit Schmuck: Uhr, Armbänder, Halskette, noch mehr Armbänder.

»Und Sie sind also für heute Julians Begleitung.«

Für heute?

»Treib es nicht zu weit«, mahnte Julian.

Okay, sie musste eine Verflossene sein. Welcher Mann reagierte sonst so? Oh Gott, was, wenn es Lilian war?

»Ich bin Alexandra Johnson.«

Ich reichte ihr die Hand und versuchte cool zu wirken. In mir brodelte es natürlich. Diese ganze Situation war gerade total verrückt.

Ich konnte spüren, wie die Wut in Julian immer mehr brodelte. Aber wieso?

»Jules ... Jules Hardcrowe.«

Als sie meine Hand ergriff, entglitten mir meine Gesichtszüge. Vor uns stand also Julians Exfrau.

»Wie klein die Welt doch ist. Freut mich, Sie kennenzulernen, Alexandra.«

Ich nickte einfach nur. Was sollte ich jetzt auch noch dazu sagen?

Sie sprach die Worte aus und doch kamen sie nicht bei mir an. Sie klangen falsch. Völlig falsch.

»Na, dann werde ich euch mal wieder allein lassen. Damit ihr den Abend noch genießen könnt.«

Jules grinste noch breiter, aber es erreichte ihre Augen nicht. Dann sah sie zu Julian rüber, der sie so wütend anfunkelte, dass selbst ich eine Gänsehaut bekam.

»Julian. Wir sehen uns.«

Dann drehte sie sich um und verließ das Restaurant. Allein. *Merkwürdig.*

»Das war also deine Exfrau«, schlussfolgerte ich.

»Es tut mir leid, Lexie. Ich wusste nicht ...«

Er spannte die Kiefermuskeln an.

»Schon gut. Irgendwann wäre das doch unvermeidlich gewesen, oder?«

Julian sah mich überrascht an. Oh Gott. Was hatte ich da gerade gesagt?

Ich habe ihm zu verstehen gegeben, dass ich mehr will ... Okay Lexie, bleib cool.

»Atmen, Lexie.«

Julian beugte sich über den Tisch und strich mir eine Strähne aus dem Gesicht.

Ich hatte meinen mittlerweile »Long Bob« gelockt, sodass die Haare schön über meine Schultern fielen.

»Ich atme. Alles ist okay. Bestens.«

Diesmal brauchte ich Alkohol und trank einen riesigen Schluck davon.

Reiß dich zusammen. Verliere nicht wieder die Kontrolle über deinen Alkoholkonsum. Er hat dich einmal völlig betrunken gesehen, das muss reichen. Du bist nicht dein Vater!

»Aaaalso,« dehne ich das Wort. »Jetzt kenne ich deine Exfrau und du kennst Michael. Ausgleichende Gerechtigkeit würde ich sagen.«

Julian lächelte zaghaft.

»Wie wär's, wenn wir jetzt bestellen?«, fragte er und ich war erleichtert.

Dieser Abend könnte doch noch was werden. Er empfand nichts mehr für Jules ... das war zu sehen. Oder? Und er suchte mit mir Körperkontakt. Das war doch gut. Sehr gut.

Das Essen war toll. Julian kam aus sich heraus, erzählte von seinen Fällen, von seiner Schulzeit, die nicht immer einfach gewesen war, und sah mich dabei immer wieder mit seinem »Ich will dich«-Blick an. Versucht da mal, ruhig auf dem Stuhl sitzen zu bleiben.

Als wir aus dem Restaurant gingen, packte Julian mich, drückte mich fest an sich und küsste mich. Darauf hatte ich den ganzen Abend schon gewartet.

»Jetzt ist es ein richtiges Date«, lächelte er und hob mein Kinn an, damit ich ihn ansehen konnte, als er den Kuss beendete.

Mein Körper schrie schon wieder nach ihm.

»Hör zu, also ... ich weiß, ich habe dir gesagt, dass das heute Mittag nicht so schnell passieren sollte ... doch ...«

»Ich komme gerne mit zu dir«, antwortete ich ihm schnell.

Die Worte waren nicht mal ganz ausgesprochen, da bereute ich sie schon. *Zieh dich gleich hier aus und lass dich von ihm nehmen. Also echt, Lexie!*

Julians Augen weiteten sich und doch zuckten seine Mundwinkel.

»Oh Gott, was habe ich da gesagt?«

Ich wollte mich verstecken. Wieso verdammt noch mal sprach da meine Libido? Das wollte ich doch nicht sagen!

Ich versteckte mein Gesicht hinter meinen Händen, er sollte mich nicht ansehen. Ich wollte im Boden versinken.

»Hey.«

Julians Hand legt sich auf meine, die ich immer noch vor meinem Gesicht halte.

»Sieh mich an!«

Ich tat ihm den Gefallen.

»Den ganzen Abend muss ich mich schon zusammenreißen, um nicht über dich herzufallen. Dieses Kleid ... ist der Hammer.«

Es kribbelte schon wieder verdächtig, vor allem in meinem Slip. Seine Augen funkelten feurig.

»Mach dir keine Gedanken. Ich würde niemals etwas Falsches über dich denken, Lexie. Ich habe dir gesagt, dass du keinen Rock tragen sollst, weil ich dich nicht überfallen wollte. Nicht schon wieder.«

Er senkte leicht den Kopf. Julian war so süß. Er dachte wirklich, dass es mir unangenehm war … Verdammt, es war heiß. Megaheiß.

»Und ich ziehe das Kleid an«, antwortete ich reuevoll und biss mir auf die Unterlippe.

»Und du ziehst das Kleid an«, wiederholte er nickend und schaute mich plötzlich ganz anders an. Sein Blick intensivierte sich, seine Augen funkelten und das Grün wurde durch die Lichter des Restaurants noch verstärkt.

»Komm mit mir.«

Seine Stimme war jetzt viel rauer. Es klang wie ein Befehl und ich befolgte ihn gerne.

Die Fahrt dauerte nur wenige Minuten. Wir hielten an einem Apartmentkomplex. Natürlich waren wir noch in Manhattan.

»Hier wohnst du?«, fragte ich ihn, als er dem Concierge freundlich zunickte und zum Fahrstuhl ging. Er drückte auf den Knopf für die vierte Etage. Selbst der Fahrstuhl war schon mit Marmor verziert. Wie würde wohl seine Wohnung aussehen?

»Dank dir werde ich wohl niemals mehr einfach nur so einen Lift betreten können.«

Julian drückte mich zur gegenüberliegenden Wand und allein die Wärme seines Körpers entfachte wieder das Feuer. Er hatte schon im Auto immer wieder meine Hand gestreichelt. Er hielt zwar Abstand, wollte aber wohl einfach die Vorfreude in mir weiter entfachen. Und das schaffte er.

Julian sah auf meine Lippen, die leicht zitterten. Er küsste mich aber nicht, zog sich zurück und die Türen öffneten sich. *Verdammt.*

Der Flur, den wir entlangliefen, war breit und wunderschön. Marmorböden, die Wände waren in einem tiefen Blau gestrichen. Es gab auf dieser Etage nur zwei Wohnungen. Julian ließ, auch während er die Haustür öffnete, meine Hand nicht los.

»Komm rein …«

Als er das Licht anschaltete, zuckte ich regelrecht zusammen. Wir befanden uns bereits im Wohnzimmer oder eher in der Halle. Die Wohnung war riesig.

Es war alles offen gestaltet, sodass ich sogar in die obere Etage schauen konnte. Toll.

Die Sofalandschaft war ganz in Schwarz gehalten. Wie vieles hier. Es passte zu Julian. Weiße Sideboards, schwarze Teppiche und wunderschöne abstrakte Bilder vollendeten das tolle Bild.

»Möchtest du etwas trinken?«, fragte Julian und zog seinen Mantel aus.

»Nein, danke.«

Er half mir aus meiner Strickjacke und streichelte etwas länger als nötig meine Oberarme. Mir konnte das nur recht sein. Es fühlte sich toll an. Dann entzog er mir seine Hände wieder. *Nein!*

Ich traute mich auch nicht, mich umzudrehen. Julians Nähe spürte ich sofort. Sein Bauch drückte sich an meinen Rücken. Ich bekam überall Gänsehaut.

»Du riechst unglaublich«, seufzte Julian in mein Haar, berührte mich aber immer noch nicht.

Mein Herz schlug immer schneller, so aufgeregt war ich. Meine Hände zitterten, weil ich nicht wusste, was ich jetzt tun sollte. Aber Julian nahm mir die Entscheidung ab, indem er langsam den Reißverschluss auf meinen Rücken öffnete. Mir blieb bei dieser Geste kurz die Luft weg, denn seine Finger streiften dabei meinen Rücken.

»Deine Haut ist so makellos und weich … Verdammt noch mal, du wirst mein Untergang sein.«

»Und du meiner.«

Mittlerweile hatte er meinen ganzen Reißverschluss geöffnet. Langsam zog er mir das Kleid hinunter. Gott sei Dank lag es nicht so eng an. Als es zu Boden fiel, stand ich mit dem Rücken vor ihm. Ich hatte mich für meine neue bordeauxrote Spitzenunterwäsche entschieden.

»Dreh dich um, Lexie«, flüsterte er mir ins Ohr. Wieder hatte seine Stimme diesen unglaublich sexy rauen Ton.

Ich tat, was er sagte. Julian machte einen Schritt zurück und betrachtete mich intensiv von oben bis unten. Normalerweise müsste ich mich jetzt unwohl fühlen, ich meine, so einen intimen Moment hatte ich wirklich noch nie in meinem Leben.

Ich mochte Sex gehabt haben, aber das hier war gerade so viel mehr …

Das Licht war gedimmt, sodass ich Julian nicht richtig erkennen konnte. Nur seine grünen Augen leuchteten selbst jetzt. Er fuhr sich mit der Zunge über die Lippe.

»Alexandra … weißt du eigentlich, wie schön du gerade aussiehst?«

Ehrfürchtig blickte er mir in die Augen. Er log nicht. Julian sagte nichts, um mich zu beschwichtigen. Nein, Julian war ganz anders als Michael.

Er mochte seine Zweifel gehabt haben, aber hatte ich die nicht auch? Ich wollte Julian nicht. Ich wollte niemanden. Michael hatte mich gezeichnet. Er nahm mir einiges: meine Selbstachtung, mein Selbstbewusstsein, den Glauben daran, mich noch einmal verlieben zu können.

Julian wartete nicht mehr ab. Er kam auf mich zu, drückte mich an sich und küsste mich gierig. Seine Erektion drückte gegen meinen Bauch. *Er ist genauso scharf wie ich!*

»Schlafzimmer. Sofort«, flüsterte er völlig außer Atem.

Ich konnte nicht mal mehr nicken, so schnell hob er mich hoch, um mit mir auf dem Arm die Treppen hochzugehen.

Er setzte mich auf seinem Kingsize-Bett ab und betrachtete mich kniend.

»Jetzt bist du hier. Bei mir.«

Wieder konnte ich nur wie ein dummes Huhn nicken. Er manipulierte mit seinem Aussehen mein Sprachzentrum. *Ja, das muss es sein.*

»Was kann sich ein Mann Schöneres vorstellen?«

Er küsste meinen Hals, mein Schlüsselbein, ging immer tiefer.

»Oh Gott«, stöhnte ich und ließ mich nach hinten aufs Bett fallen.

»Nenn mich einfach Julian«, lachte er kurz und küsste dann weiter meinen Bauch hinab.

Mein ganzer Körper spannte sich an, als seine Finger den Weg zu meinem Slip fanden.

»Po hoch.«

Sofort erhob ich mich kurz und er streifte meinen Slip ab. Jetzt lag ich nur noch mit meinem BH vor ihm ... meine Beine hatten sich schon irgendwie verselbstständigt und lagen gespreizt vor ihm.

»Mmh ... ich denke, ich weiß, was Miss Johnson von mir will.«

Ich konnte es im Dunkeln nicht sehen und wusste es dennoch. Der Mistkerl grinste.

»Julian«, jammerte ich.

»Was denn?«

Er begann, mit seiner Hand meine Muschi zu massieren. Sofort schoss noch mehr Feuchtigkeit aus mir heraus. Großer Gott, das war so gut.

»Mach weiter«, keuchte ich, während er immer schneller wurde.

»Wie du wünschst.«

Plötzlich spürte ich seine Zunge zwischen meinen Beinen. *Gütiger Himmel.*

Mein ganzer Körper reagierte darauf, ich drückte ihm meine Schenkel entgegen. Das beflügelte ihn nur noch mehr. Er setzte mehr Druck an und leckte noch intensiver über meinen Kitzler. Wenige Augenblicke später schrie ich den Orgasmus aus mir heraus. Meine Anspannung entlud sich und ich hielt mich an der Bettdecke fest, weil ich Angst hatte, den Halt zu verlieren.

Julian hauchte leichte Küsse auf meine Oberschenkel, bis er sich aufrichtete und vor mich stellte.

Ich sah hoch und ich wusste, er starrte mich an, während er sich seiner Kleidung entledigte.

Obwohl es wirklich sehr dunkel war, sah ich die feinen Konturen seines Körpers. Er war trainiert. Verdammt noch mal. Ich konnte es ja schon fühlen, als wir im Lift zusammen waren, aber dass er jetzt so vor mir stand ...

»Ich schmecke dich noch immer ...«

Langsam beugte er sich über mich, jetzt konnte ich sein Gesicht richtig erkennen. Er lächelte mich an und ich sah so viel darin ... dass mich das allein schon völlig verrückt machte. *Julian sieht dich, wie du bist. Er weiß, wer du bist. Genieße es!*

»Und du sollst dich auch schmecken ...«

Dann küsste er mich mit voller Kraft, und ja ... ich schmeckte mich das erste Mal selbst.

Mit einem Handgriff öffnete er meinen BH.

»Du bist wunderschön.«

Er betrachtete mich eingehend, streichelte mir über meine Brust, ging hinunter zu meinem Bauch. Ich schloss die Augen und genoss es einfach.

»Was willst du, Lexie?«

»Dich«, flüsterte ich.

»Dein Wunsch sei mir Befehl.«

Mit einem Ruck war er in mir. Ich wollte aufschreien, doch der Schrei verlor sich in dem Kuss, den er mir gab. Langsam bewegte er sich und ich entspannte mich immer mehr.

»Verdammt noch mal, Lexie ... wie gut kann sich der Himmel anfühlen?«

»Nimm mich, Julian. Nimm mich!«

»Immer«, antwortete er keuchend und stieß noch tiefer in mich.

Ich bemerkte, wie nah ich dem Orgasmus wieder war.

»Ich komme gleich ... und du kommst mit mir«, brummte er und verdammt noch mal ... wie konnte ein einzelner Satz mich noch mehr anmachen als dieser?

Mit einem lauten Schrei kam ich noch mal, zwei Stöße später folgte er mir.

»Gott«, seufzte Julian, während wir jetzt Stirn an Stirn ineinander verharrten.

»Meine Freunde nennen mich Lexie. Aber danke«, kicherte ich, Julian lachte genauso laut auf.

»Ich weiß, das kommt vielleicht etwas spät, aber du verhütest doch, oder?«

»Wow ... einen unpassenderen Satz hättest du jetzt nicht bringen können. Aber ja, ich nehme seit Jahren die Pille«, antwortete ich ihm und versuchte wirklich, wütend zu klingen. Was mir nach dieser Wahnsinns-Nummer gerade echt schwerfiel.

Julian zog sich aus mir heraus und bewegte sich auf dem Bett herum, um wenige Sekunden später wieder vor mir aufzutauchen.

Dann strich er mit etwas Kühlem zwischen meine Beine. Panisch zuckte ich zusammen.

»Julian!«

Er kicherte.

»Je schneller du wieder sauber bist, desto schneller geht's in die nächste Runde. Jetzt komm schon her.«

Julian zog mich in seine Arme und so verharrten wir einige Zeit lang. Niemand sagte etwas. Das brauchten wir auch nicht. Allein hier zu liegen, mit ihm zusammen, gab mir so eine innere Ruhe. Zu lang hatte ich jede Nacht alleine in meinem Bett gelegen und vermisste so etwas. Die körperliche Nähe, den Sex ... aber das hier mit Julian, das war mehr. So viel mehr.

Ich streichelte über seine Brust. Ein paar kleine Haare fanden sich an seinem Bauchnabel. Ich liebte es. Seine Bauchmuskeln waren toll definiert. Julian war ein Adonis. Gott, und ich lag mit diesem Adonis wirklich im Bett.

»Was ist los?«

Ich musste mich wohl unruhig bewegt haben.

»Nichts. Alles gut«, antwortete ich mit kratziger Stimme.

Plötzlich drehte er mich auf den Rücken, sodass er halb auf mir lag. Er sah mich nachdenklich an.

»Das glaube ich nicht. Was ist los?«

Jetzt oder nie, Lexie. Sprich es an. Alles.

»Ich weiß auch nicht«, zögerte ich es hinaus.

»Was weißt du nicht?«

»Ich ... ich bin nur Lehrerin, Julian. Ich ... bin gerade mal ein paar Stunden geschieden, ich ...«

»Moment mal. Was soll das heißen, du bist nur Lehrerin?«

»Ach bitte, Julian.«

Ich suchte seinen Blick, den er, ohne zu zögern, erwiderte.

»Ich verdiene vielleicht 45.000 Dollar im Jahr ... grob geschätzt, ich habe nämlich keine Ahnung davon. Geld hat mir noch nie viel bedeutet. Und du, du bist ... Herrgott noch mal, du bist Julian Croft.«

Julian sah mich an, als hätte ich gerade die Landung außerirdischen Lebens verkündet.

»Bist du völlig ...«

Er räusperte sich, schüttelte den Kopf und musterte mich eindringlich.

Dabei streichelte er über meine Wange. Er tat das so sanft, dass sich sofort wieder die Härchen in meinem Nacken aufstellten.

»Ich mag erfolgreich im Job sein, aber in der Liebe habe ich bisher kläglich versagt. Ich bin dreiunddreißig Jahre alt, Lexie. Bin bereits einmal geschieden. Das ist nichts, auf das ich stolz bin, das kannst du mir glauben. Aber ...«

Er beugte sich noch näher zu mir herunter. Julian war mir jetzt so nah, dass ich seinen Atem spüren konnte.

»... seit du in mein Leben gestolpert bist, ist alles andere zur Nebensache geworden. Und das gab es noch nie. Du gibst mir eine echte Chance.«

»Worauf?«

Er lächelte wissend.

»Dass das Leben nicht nur aus Gerichtsverhandlungen oder Anhörungsterminen besteht. Ist dir eigentlich klar, dass ich, wenn wir uns nicht gesehen haben, dennoch ständig dein Gesicht vor mir gesehen habe?«

»Wirklich?«

»Du hast wirklich keine Ahnung, was du mit mir angestellt hast, oder?«

Julian beugte sich noch tiefer runter, um mich sanft auf den Mund zu küssen.

»Wie wär's, wenn du es mir zeigst?«, fragte ich ihn herausfordernd.

»Und wie ich es dir zeigen werde«, brummte er und ich kicherte, als er begann, an meinem Hals zu knabbern.

»Dieser Mistkerl«, fauchte Sid und rannte schon fast in meine Wohnung, als ich ihr geöffnet hatte.

»Ähm, hallo erst mal.«

»Ja, ja. Warum hast du mir nicht gesagt, dass Sean ein Arschloch ist?«

Sid stand mit ihren High Heels und ihrem Minikleid in meinem Wohnzimmer und funkelte mich wütend an. Ich wusste es. Es wäre zu schön gewesen. *Die Chance, dass Sid ausgerechnet deinen Arbeitskollegen als ihren Traumprinzen auswählt, ging gleich gegen null.*

»Was ist passiert?«

Während ich auf ihre Antwort wartete, packte ich weiter meinen Koffer.

»Frag mich was Leichteres. Der Mistkerl ruft nicht mehr zurück.«

»Was?«

Ich hatte ihn die ganze Woche zwar immer nur kurz gesehen, aber das war nichts Ungewöhnliches. Wir hatten Projektwoche, da war immer viel los.

»Hat er irgendwas zu dir gesagt ... sag mal, kannst du bitte mal aufhören zu packen? Wieso packst du überhaupt?«

»Julian und ich wollten in die Hamptons. Er hat dort ein Ferienhaus ... und na ja, am Wochenende soll der erste Schnee fallen.«

»Du und Julian? Also ... läuft es gut zwischen euch?«, fragte sie skeptisch.

»Mehr als das«, grinste ich und ignorierte ihre momentane Stimmung.

Sid war wegen Sean wieder auf dem »Pass auf, alle Männer sind Arschlöcher«-Trip. Also war ich ihr erstes Opfer.

»Ich rede am Montag mal mit Sean. Und frag ihn, was los ist.«

Sid ließ sich theatralisch seufzend in meinen Sessel fallen.

»Lass es sein. Wenn ein Mann sich nach drei SMS und vier Anrufen nicht zurückmeldet, hab ich die unausgesprochene Nachricht verstanden.«

»Vielleicht gibt es eine Erklärung. Sean ist normalerweise nicht so.«

Sid winkte ab.

»Lass gut sein. Ich musste nur etwas Dampf ablassen. Also, du und Julian. Du siehst echt glücklich aus.«

Ich schloss kurz die Augen und verblieb in der gebückten Haltung.

»Jepp. Es ist schön, wie es ist. Wir schauen einfach, wie es läuft.«

»Ich hätte ja nie gedacht, dass Julian nach der Sache mit Jules noch mal ... na, du weißt schon.«

»Wir haben sie letzte Woche getroffen.«

Sids Gesichtszüge entglitten ihr völlig.

»Getroffen? Wo? Wann?«

»Als wir essen gingen. Unser erstes Date. Sie war irgendwie … na ja, vermutlich ist das eine normale Reaktion, wenn man den Exmann mit einer anderen Frau sieht.«

»Mhm.«

»Alles in Ordnung? Du siehst so komisch aus.«

Sid wirkte etwas blass um die Ohren. Hoffentlich wurde sie nicht krank. Oder setzte die Sache mit Sean ihr doch schlimmer zu?

»Ach …«

Sie wedelte wieder mit der Hand herum.

»Ich war vorhin Sushi essen. Vermutlich hat da ein Idiot den Fisch nicht vernünftig gekühlt. Ist sicher gleich wieder gut.«

»Okay.«

Mein Handy vibrierte auf dem Tisch. Es zeigte mir an, dass ich eine SMS bekommen hatte. Von Julian:

> Hey Süße, ich hole dich eine Stunde später ab. Meine
> Mom ist in der Stadt und will mich im Village treffen.
> Ich denke an Dich x Gott.

Kopfschüttelnd schloss ich die Nachricht wieder. Er war so ein Idiot.

»Julian?«, fragte Sid.

Mein Grinsen hatte mich wohl verraten.

»Er kommt etwas später. Seine Mom ist zu Besuch, sie treffen sich im Village. Kennst du das?«

»Oh ja, schickes Restaurant. Ist an der Upper East Side.«

Ich biss mir nachdenklich auf die Lippe, während ich mein Handy anstarrte. Damit wusste ich jetzt, wieso er mich nicht gefragt hatte, ob ich mitkommen möchte. Julian hatte schon mehrmals meine Abneigung gegen die oberen Zehntausend mitbekommen. Nicht, dass ich ihn deswegen verurteilte. Ja, er hatte Geld, aber Michael hat es mir nicht gerade leicht gemacht, Menschen mit Geld zu vertrauen.

»Erde an Lexie? Bist du noch da?«

Mittlerweile stand Sid neben mir und sah mich mit gerunzelter Stirn an.

»Ich will ihn überraschen.«

»Wen?«

»Na, Julian. Wen sonst?«

»Muss ich das jetzt verstehen?«

»Vor zwei Tagen war er auf so einer lokalen Preisverleihung. Er wollte, dass ich mitkomme ...«

»Was du aber nicht getan hast«, schlussfolgerte meine beste Freundin. Wenn jemand meine Abneigung kannte, dann sie.

»Ja, Julian ging auch nicht hin. Wir bestellten uns Pizza und ...«

»Stopp! Mehr muss ich nicht hören.«

»Julian ist erfolgreich und es ist gut für seine Karriere, wenn er sich bei denen Blicken lässt, die vielleicht irgendwann mal seine Hilfe benötigen.«

»Jeder von denen wird irgendwann seine Hilfe brauchen, glaub mir«, seufzte Sid, dabei die Augen verdrehend.

»Kannst du mir die Adresse von diesem Restaurant geben? Ich will ihm zeigen, dass ich wenigstens in einem Restaurant mit ihm sitzen kann, ohne mich gleich minderbemittelt zu fühlen.«

»Wow, dass ich das noch erleben darf. Alexandra Mary Johnson und die oberen Zehntausend«, kicherte Sid.

Ich packte mir meine Handtasche und meinen Mantel.

»Haha. Die Adresse?«

»Ich komme mit. Das lass ich mir doch nicht entgehen.«

10

JULIAN

»Du hast es doch noch geschafft.« Meine Mutter lächelte mich glücklich an.

Das Village war wie immer gut gefüllt. Es war Freitagmittag, da war sowieso viel los.

»Wann bist du auch mal in der Stadt?«

Ich umarmte sie und roch sofort diesen vertrauen Duft.

»Dad ist nicht mitgekommen?«

»Du kennst doch deinen Vater. Heute Morgen war er ganz aufgeregt, weil er einen tollen Tipp bekommen hat ... irgendeine Firma steht kurz vor der Insolvenz und er will unbedingt noch ein paar Aktien kaufen ... bla, bla, bla.«

Sie winkte grinsend ab und ich nickte einfach nur. So war Dad. Innerhalb eines Jahrzehnts hatte er sein Vermögen allein mit Investitionen verdreifacht.

»Gut siehst du aus.«

Meine Mom musterte mich noch eindringlicher als sonst. Heute trug sie ein cremefarbenes Kleid. Sie war für ihre über fünfzig Jahre immer noch eine wunderschöne Frau.

Meine Mutter setzte sich wieder, nachdem ich ihr den Stuhl zurechtgeschoben hatte. Danach setzte ich mir ihr gegenüber. Der Kellner schenkte uns Wasser ein und überreichte uns die Speisekarte.

»Ich habe heute nicht so viel Zeit.«

Meine Mutter zog wie so oft die Unterlippe nach unten und seufzte theatralisch.

»Du arbeitest zu viel, Schatz. Es tut dir wirklich nicht gut, wenn du jedes Wochenende durcharbeitest. Wie wäre es, wenn du morgen mit mir zurückfährst? Dein Vater würde sich auch freuen, dich mal wieder zu sehen.«

Sie nippte an ihrem Wasserglas und betrachtete mich abwartend.

»Eigentlich habe ich schon ...«

»Oh mein Gott. Du triffst dich mit einer Frau!«

Sie hielt sich vor Schreck die Hand vor dem Mund, ihre Augen waren weit aufgerissen.

»Ähm ...«

»Ähm, was?«, fragte sie neugierig

»Was ist denn daran so überraschend?«

Ich kannte ja bereits ihre Antwort, aber ich wollte es von ihr hören. Die letzte Woche mit Lexie war die beste gewesen seit Langem. Jeden Abend hatten wir miteinander verbracht. Ich hatte die Arbeit zurückgeschraubt, tat es sogar gerne. Sie bat zwar nie darum, aber ich wollte es so. Das hatte ich noch nie für eine Frau getan. Selbst Jules musste ständig allein zu Abend essen, weil ich noch Überstunden geschoben hatte. Aber das mit Lexie ... ich wollte nicht, dass sie allein zu Abend aß. Ich wollte sie sehen.

»Dass du dich mit einer Frau triffst? Oder dass du dich Freitagnachmittags mit einer triffst?«

Sie neigte den Kopf und musterte mich grinsend. Volltreffer. Meine Mutter kannte mich einfach zu gut.

»Wir fahren in die Hamptons, die Saison ...«

Doch so weit ließ sie mich gar nicht sprechen. Sie quiekte laut auf und wie immer war es ihr egal, dass die Tischnachbarn bereits aufsahen. Meine Eltern waren zwar vermögend, ihre Wurzeln vergaßen sie aber nie. Wir waren nicht reich geboren und das merkte man ihr an. Was ich wunderbar fand. Lexie strahlte es auch aus. Sie war nicht aufgesetzt und wollte niemanden beeindrucken. Lexie war ehrlich und echt.

»In die Hamptons ... einfach so? Ich glaub das nicht. Wer ist sie? Wie heißt sie?«

»Mom ...«

»Es ist ihm unangenehm. Dass ich das noch erleben darf«, jubelte sie schon fast und schlug mit der flachen Hand auf den Tisch.

Jetzt musste selbst ich schmunzeln. Waren meine früheren Beziehungen so vorhersehbar gewesen? Sah man ihnen ihr Ablaufdatum an? Meine Mom hatte noch nie so reagiert.

»Sie heißt Lexie.«

»Lexie? Lexie ...«

Sie schien in Gedanken versunken. Mir war klar, dass sie gerade sämtliche Gästelisten der New Yorker Oberklasse gedanklich durchging.

»Ich kenne keine Lexie. Sie kommt nicht aus New York?«

»Doch, sie ist Lehrerin in Queens.«

Die hastigen Bewegungen meiner Mutter stoppten sofort. Ihr Mund öffnete sich überrascht, aber es kam kein einziger Ton heraus. Dann schlug sie langsam die Hände zusammen.

»Sie ist Lehrerin? Sie ... ach, Schatz.«

Sie nahm meine Hand und drückte sie liebevoll. Dann sah sie mich mit diesen glänzenden Augen an. Das war der Blick, dem Dad nie widerstehen konnte. Oh Shit, jetzt sah sie mich so an.

»Mom?«

»Du solltest sie mitbringen. Ich mache was zu essen und wir lernen sie mal kennen.«

»Wir kennen uns noch nicht lang ... ich muss Lexie erst fragen, ob sie ...«

Wieder ließ sie mich nicht ausreden.

»Du musst sie fragen? Okay, wo sind die versteckten Kameras?«

Sie blickte sich kritisch um. Als sie wirklich keine entdeckte, grinste sie kopfschüttelnd.

»Wenn ich das deinem Vater erzähle. Julian, unser Workaholic und Zyniker, hat eine ganz normale Freundin, die *er* erst mal fragen muss, wenn es um Verabredungen geht. Wundervoll, Julian. Wundervoll.«

Workaholic und Zyniker? Nett, wirklich nett. Obwohl, so ganz unrecht hatte sie nicht. Vor Lexie gab es nur meine Arbeit und ich hielt nichts von Gefühlen ... Meine Erfahrungen hatten mir auch keine andere Wahl gelassen, als so darüber zu denken. *Bis jetzt*, flüsterte mir mein Unterbewusstsein zu.

Vor meinem inneren Auge sah ich Lexie, die mich mit ihrem

wunderschönen Lächeln wieder mal um den Verstand brachte. Und sie würde auch Mom und Dad beeindrucken, da war ich mir sicher. Wer war bisher nicht von ihr verzaubert? Wenn Roberts oder einer seiner Männer die Nachtschicht übernahmen, machte sie denen noch Sandwiches, damit sie ja nicht verhungerten. Und die Kerle liebten es. Nicht zu vergessen die Kids in ihrer Schule. Ich durfte selbst erleben, wie sie ihre Lehrerin vergötterten.

Plötzlich überkam mich wieder diese Sehnsucht nach ihr. Heute Morgen hatte ich bei ihr geschlafen und musste früh bei Gericht sein. Ich hatte sie schlafen lassen.

»Julian?«

Meine Mom sah mich fragend an. Ich musste wohl die ganze Zeit nur vor mich hin gestarrt haben.

»Macht es dir was aus, wenn ich dich allein lasse? Ich …«

Sie winkte sofort ab.

»Sicher, geh nur. Da ich jetzt den Grund kenne, macht mir das gar nichts aus. Melde dich einfach, wenn ihr wieder zurück seid. Und dann sprechen wir darüber, wann wir deine Lexie mal kennenlernen dürfen, ja?«

Sie gab einfach nicht auf. Aber gut, mir sollte es recht sein. Wenn alles so lief wie ich mir das wünschte, dann würde das alles noch viel weiter gehen, als …

Ich verabschiedete mich von meiner Mom und ging durch das Restaurant. Als ich fast am Ausgang war, kam mir tatsächlich Jules entgegen. Sie schien genauso überrascht, lächelte aber wieder aufgesetzt.

»Julian. Was eine Überraschung.«

»Findest du?«

»Natürlich. Oder glaubst du etwa, ich würde dir nachspionieren?«

Den letzten Satz betonte sie extra. Sofort war mir klar, dass sie das doppeldeutig meinte.

»Jetzt hör mir mal zu.«

Ich packte sie am Handgelenk und zog sie in die Ecke, die zur Küche führte.

»Aua, lass mich los.«

Sofort ließ ich von ihr ab, aber mein Mitgefühl hielt sich in Grenzen.

»Ich weiß nicht, was die Szene beim Chinesen sollte, aber …«

Sie zuckte mit den Schultern.

»Ich wollte nur mal Hallo sagen. Sie mal kennenlernen. Immerhin kennen Michael und ich …«

»Lass sie in Ruhe, hast du mich verstanden? Sie und Michael sind geschieden. Das heißt, es ist vorbei.«

Wütend funkelte sie mich an. Was hatte denn das jetzt zu bedeuten?

Ich sah mich um, niemand war da, der uns hören konnte. Und das war pures Glück. Ich wusste ja, wie geschwätzig diese Leute hier waren.

»Du glaubst wirklich, dass es vorbei ist? Ach, Julian. Die Kleine muss dir ja ganz schön den Kopf vernebelt haben. Glaubst du allen Ernstes, dass du Michael Millionen abnehmen kannst, ohne eine Gegenreaktion von ihm zu bekommen?«

Nein, tue ich nicht. Ich wusste aber auch, dass Michael kein Gegner war. Ich würde bereit sein. Egal, was kam.

»Was willst du, Jules? Bist du dir selbst nichts mehr wert? Ich dachte, du machst dir so viel daraus, was die Leute über dich denken. Und dann teilst du immer noch das Bett mit Michael? Mir sollte das wirklich egal sein, aber wenn ich das Gefühl habe, dass du Lexie nicht in Ruhe lassen kannst, sehe ich mich gezwungen …«

»Gezwungen zu was?« Sie reizte mich immer mehr.

Normalerweise versuchte ich, ihr nicht mehr zu zeigen, dass sie mich reizen konnte, aber hier ging es gerade nicht mehr um mich. Ich wusste, wieso Jules sich immer wieder blicken ließ.

»Fick Michael von morgens bis abends. Mir ist das scheißegal. Aber Lexie ist tabu für dich. Sehe ich dich noch einmal in ihrer Nähe, dann wirst du das bereuen. Und du weißt, ich mache keine halben Sachen.«

Keiner von uns beiden senkte den Blick. Sie war mutig, aber das war reine Fassade. Jules wurde von klein auf so erzogen. *Zeige nie deine Gefühle.* Aber da sie auch mich kannte und wusste, wozu ich fähig war, bemerkte ich, wie sie schwer atmete.

Mein Einschüchterungsversuch trug Früchte.

»Sie wird dich eh verlassen, wenn sie erfährt ...«, begann sie wieder zu sprechen, aber nicht nur, dass ihre Stimme viel zu leise und nervös klang, ich ließ sie diesmal auch nicht mehr aussprechen.

»Das geht dich nichts an!«

11

LEXIE

»Beruhige dich, es ist doch nur ein Mittagessen«, beschwichtigte Sid mich.

Wir saßen im Taxi. Ich hatte mich wirklich aufgemacht, um Julian zu überraschen. Meine Hände zitterten, ich schwitzte leicht unter meinem Mantel. *Oh Gott, ich muss vorher noch zur Toilette, um mich frisch zu machen. Ich will nicht nach Schweiß riechen, wenn ich Julian mit seiner Mutter begegne.*

»Ich sehe doch gut aus, oder?«

Nervös sah ich meine Freundin an, die mich überrascht anstarrte.

»Habe ich mich gerade verhört? Seit wann interessiert es dich, was ich ...«

»Ach, Sid! Jetzt sag schon. Passt das so?«

Sie musterte mich von oben bis unten und lächelte dann.

»Du siehst gut aus. Bleib ganz ruhig. Ich kenne Julians Mom. Sie ist nicht so wie die reichen Tussis, die hier ihr Geld ausgeben. Glaube mir einfach mal. Denk an was Schönes. Damit du mal runterkommst. Das ist wohl das Einzige, was zum Problem werden könnte: deine Nerven!«

Okay, sie hatte recht. Wenn ich nervös werden würde, wäre ich nicht ich selbst ... *an etwas Schönes denken.* Das bekam ich hin.

VIER TAGE ZUVOR

Den ganzen Tag schon arbeitete ich wie auf Autopilot. Das Wochenende mit Julian war wunderschön. Die schönsten zwei Tage meines

Lebens. Wir verbrachten die meiste Zeit im Bett. Wenn wir dann mal sein Schlafzimmer verließen, dann, um den Grundbedürfnissen nachzugehen – essen, auf die Toilette gehen oder duschen, wobei Letzteres auch zu zweit vollzogen wurde. Ich hatte ganz vergessen, wie toll Sex unter der Dusche sein konnte.

Als der Montag kam, wollte ich am liebsten gar nicht gehen. Aber krank melden würde für mich nicht infrage kommen. Bisher hatte ich mich nur einmal krank gemeldet. Als das mit Michael passiert war ... die blauen Flecke und die seelischen Qualen waren anfangs einfach zu viel. Schon merkwürdig. Damals dachte ich, ich würde niemals darüber hinwegkommen. Könnte niemals mehr einem Mann vertrauen. Und jetzt war Julian in meinem Leben und ließ mich alles vergessen. Manchmal fühlte ich mich gar nicht als geschiedene Frau. Als hätte es nie eine Ehe gegeben.

»Lucas, hör auf damit. Jennys Haare sind mit Sicherheit nicht zu deinem Vergnügen da«, rief ich durch den Klassenraum.

Heute betreute ich die Nachmittagsgruppe. Das waren die Kinder, die schon viel in ihrem jungen Leben durchgemacht hatten. Seit zwei Jahren boten wir diese Betreuung jetzt schon an und die Kinder waren uns dankbar dafür. Das sah man ihnen an.

»Fertig, Miss Johnson«, rief Philipp durch die Klasse.

»Mit den ganzen Hausaufgaben? Zeig mal her.«

Philipp war einer der Jungen, die womöglich den schlimmsten Hintergrund hatten.

Die Mutter starb früh, der Vater suchte Trost im Alkohol. Da Philipp selbst im Sommer lange Shirts trug, wurden wir hellhörig. Er versteckte seine blauen Flecke darunter. Sein Vater schlug ihn täglich. Das musste über Jahre so gegangen sein. Wenn ich bedachte, dass er vor einem Jahr noch total verschüchtert gewesen war, war er jetzt kaum wiederzuerkennen. Mittlerweile war Philipp bei seiner Tante untergekommen.

Ich blickte auf das Arbeitsblatt und er hatte wirklich alles bearbeitet.

»Wow. Ja, dann kannst du von mir aus an den PC.«

»Danke.«

Der Junge setzte sein breites Grinsen auf und ging nach hinten an einen der Computer.

Obwohl gut zwanzig Kinder in der Klasse waren, war es sehr ruhig. Mittlerweile wussten sie, dass erst die Hausaufgaben fertig sein mussten, damit sie sich mit dem Internet beschäftigen durften.

»Heiß, wie du so Befehle gibst.«

Ich drehte mich um und sah in Julians Gesicht. Er stand angelehnt am Türrahmen und lächelte mich liebevoll an. Sein Anblick sorgte dafür, dass ich leicht erschauderte.

Er trug eine Lederjacke in Schwarz. Dazu eine schwarze Jeans. Darunter sah ich ein eng anliegendes Shirt. Ich glaubte, ich träumte.

»Was tust du denn hier?«

»Wer bist du?«

Philipp stand plötzlich vor uns und musterte Julian skeptisch. Der 9-Jährige verschränkte die Arme vor der Brust und stellte sich vor mich. Julians Mundwinkel zuckten.

»Ich bin Julian. Und wer bist du?«

»Darf ich nicht sagen.«

Julian sah mich grinsend an.

»Wieso nicht?«

»Ich darf nicht mit Fremden sprechen.«

»Ja, das solltest du wirklich nicht. Aber ich bin ein Freund deiner Lehrerin. Deswegen ist das, denke ich, in Ordnung.«

»Willst du nicht weiter am PC spielen, Philipp?«, fragte ich ihn.

Philipp ging zögernd zum Computer zurück. Dennoch schaute er immer wieder zu uns.

»Ich glaube, du hast einen Verehrer«, stellte Julian belustigt fest und kam an den Schreibtisch heran. Er musterte mich kurz, hielt aber Abstand. Immerhin standen wir gerade mitten im Klassenraum. Und dennoch sah er mich wieder so an, wie ich ihn heute Morgen verlassen hatte. Mistkerl. Er wusste, wie ich auf seinen Blick reagierte ... und jetzt stand er vor mir und trug die heißeste Lederjacke überhaupt. Vergessen wir einfach mal die Anzüge, das war definitiv noch heißer.

»Muss ich mir Sorgen machen? Der Junge steht auf dich.«

Ich kicherte kopfschüttelnd.

»Du hast mir immer noch nicht gesagt, wieso du hier bist. Waren wir nicht für heute Abend verabredet?«

Er zuckte mit den Schultern.

»Hab früher frei gemacht und dachte mir, ich könnte dich abholen.«
Ich blickte auf meine Armbanduhr.
»Ich hab noch eine Viertelstunde.«
»Okay, dann kann ich ja warten, oder?«
Mr. Oberheiß lehnte sich an das Pult und grinste mich wieder so verführerisch an.
»Du willst freiwillig hierbleiben? Mit zwanzig Kindern?«, fragte ich ihn ungläubig.
»Wieso nicht? Du weißt auch, wie ich arbeite.«
»Das war doch was anderes.«
Julian rutschte weiter an mich heran, berührte mich aber nicht. Er wollte die Distanz wahren. Auch wenn ich verstand, wieso er das tat, fehlte mir der Kontakt.
»Netter Rock«, flüsterte Julian und sah mir dabei direkt in die Augen. Es blitzte etwas in ihnen auf, das mich kurz zusammenzucken ließ. Er hatte ihn heute Morgen doch schon gesehen ...
»Danke.«
Einige Sekunden sahen uns wir uns einfach nur an. Mein Herz begann wieder viel zu schnell Blut durch meine Venen zu pumpen. Verflixt noch mal!
»A-also.«
Julian beendete den Augenkontakt und sah sich in der Klasse um. Alle Schüler waren noch mit den Hausaufgaben beschäftigt.
»Das ist diese Hausaufgabenhilfe über den Nachmittag, von der du gesprochen hattest?«
»Genau. Sie können Hausaufgaben machen, spielen, oft kochen wir auch zusammen. Hauptsache, sie bekommen etwas Ablenkung.«
»Wirklich eine tolle Sache, die ihr hier aufgebaut habt«, antwortete er ehrfürchtig und dank seines ehrlichen Lächelns fühlte ich mich auch gut.
»Dank Sids Spende können wir das Projekt auch noch einige Monate länger anbieten. Verrückte Frau«, murmelte ich grinsend.
»Ah, die 10.000 Dollar ... die Wette, die du gewonnen hattest. Dank Jackson.«
Letzteres sprach er mit angespanntem Kiefer aus. Wie konnte er denn jetzt noch sauer darauf sein?

»Du hättest mich einfach schneller ansprechen sollen.«

Er suchte meinen Blick.

»Hätte ich«, antwortete er ehrlich und wieder entstand diese Spannung zwischen uns. Als würden unsichtbare Pfeile zwischen uns hin und her springen und mich langsam von innen in Brand setzen.

»Und was ist, wenn Sids Spende aufgebraucht ist?«

Julian sah sich wieder in der Klasse um und schluckte einmal … oh ja, er spürte das auch.

»Dann müssen wir Spendengelder sammeln. Kennen wir nicht anders.«

»Mhm … sag mal, darf der Kleine das?«

Julian zeigte in eine bestimmte Richtung.

»Das kann doch nicht … Lucas, lass Jennys Haare sofort los!«

»Du zahlst, ich geh schon mal rein.«

Ohne auf Sids Gemecker einzugehen, stieg ich aus dem Taxi und hastete in das Restaurant. Ich hätte es hinauszögern können, aber dann hätte ich nur wieder kalte Füße bekommen.

Außerdem war es doch nur ein Restaurant.

Ach du Scheiße.

Als ich hineinging, wurde ich sofort von der teuren Kunst an den Wänden erschlagen. Die Wände selbst waren zwar weiß gehalten, dafür gab es aber einen teuren Parkettboden.

Die Dame am Empfang lächelte mich freundlich an und bemerkte sicherlich meinen verunsicherten Anblick. *Das ist also die Welt, die du nie betreten wolltest.*

Ich spürte schon, wie mir der Schweiß ausbrach. Verdammt …

»Ähm … wo sind die Toiletten?«, fragte ich die Dame am Empfang.

»Rechts die zweite Tür, den Seitengang entlang.«

»Danke.«

Ich wollte nur eben eine Handvoll Wasser ins Gesicht … oh nein, mein Make-up? War das wasserfest?

»Was willst du, Jules?«

Ich blieb sofort stehen. Das war doch Julians Stimme ... Ich wollte weitergehen, blieb aber in der Ecke zum Seitengang stehen. Die Empfangsdame konnte mich dank der riesigen Topfpflanze, die zwischen uns stand, nicht sehen.

»Bist du dir selbst nichts mehr wert? Ich dachte, du machst dir so viel daraus, was die Leute über dich denken.«

Mein Herzschlag beschleunigte sich von ganz allein. Er stand dort im Gang, mit seiner Exfrau?

»Und dann teilst du immer noch das Bett mit Michael? Mir sollte das wirklich egal sein, aber wenn ich das Gefühl habe, dass du Lexie nicht in Ruhe lassen kannst, sehe ich mich gezwungen ...«

Was?! Ich begann am ganzen Körper zu zittern. Wovon sprach er da gerade? Das konnte er doch nicht ernst meinen.

»Gezwungen zu was?«

Das war Jules. Ganz sicher. Ich drückte mich noch fester an die Wand, ich brauchte jetzt einen gewissen Druck. Ein Gefühl, das ich das hier gerade nicht träumte.

»Fick Michael von morgens bis abends. Mir ist das scheißegal. Aber Lexie, Lexie ist tabu für dich. Sehe ich dich noch einmal in ihrer Nähe, dann wirst du das bereuen. Und du weißt, ich mache keine halben Sachen.«

Sie tat was? Jules und Michael? Und wieso drohte er ihr, was war hier los?

Ich krallte meine Handtasche fester und drückte sie an meine Brust.

»Sie wird dich eh verlassen, wenn sie erfährt ...«

»Das geht dich nichts an!« Er wurde lauter.

Wenn ich was erfahre? Ich fühlte mich wie in einem falschen Film. Jules und Julian standen in der Ecke eines Restaurants und redeten darüber, dass sie mit meinem Exmann schlief? Und? Michael war ... Moment mal. *Jules.* Den Namen hatte doch schon Michael erwähnt, als er mich vor Julians Nachtclub abgefangen hatte. Mir fielen wieder Michaels Sprüche ein. Damals bedeuteten sie nichts, jetzt allerdings ... war das etwas anderes.

»Julian Croft ist nicht der Mann, den du glaubst zu kennen.«

»Aber sonst warnt dich doch auch keiner.«

»Meinen Sie, ich weiß nicht, wieso ausgerechnet Sie Lexie vertreten?«

»Jules hat mir schon gesagt, was Sie da versuchen. Aber wenn Sie glauben, dass Sie meine Frau dazu benutzen können, dann irren Sie sich.«

»Ja, sagen Sie ihr, wer Jules ist.«

Wieso war ich da nicht vorher drauf gekommen? Michael meinte Jules. Er hatte Julians Exfrau erwähnt.

»Du bist nur mit ihr zusammen, weil du dich an uns rächen willst. Sieh es ein. Der Einzige, der hier verliert, bist du, Julian«, feuerte Jules mit voller Kraft zurück.

Mein ganzer Körper versteifte sich.

»Rache hat damit nichts zu tun.«

Julians Stimme klang gereizt, aber ich versuchte, so ruhig wie möglich zu bleiben. Ich musste das jetzt hören.

»Ach, bitte! Schon bei unserer Scheidung ging es dir nur darum, mich bluten zu lassen. Ja schön, Michael lag schon immer in meinem Bett. Na und? Ist ja nicht so, dass du dich großartig um mich gekümmert hättest. Er lag vor einem Jahr in meinem Bett und er wird auch noch nächstes Jahr dort liegen. Ich ficke ihren Ex, du fickst seine Ex. Wenn man das keine Rache nennt, dann weiß ich es auch nicht.«

Die Tränen konnte ich nicht mehr zurückhalten. Das konnte doch alles nicht …

»Lexie?«

Sid stand vor mir und sah mich mit großen Augen an. Was musste ich auch gerade für einen Anblick abgeben? Ich stand hier hinter einer riesig großen Topfpflanze …

»Was ist los? Warum weinst du?«

»Ach nein, Sidney.«

Jules kam aus dem Seiteneingang und Sid konnte sofort eins und eins zusammenzählen.

Ich versuchte, mir die Tränen aus dem Gesicht zu wischen. *Verdammt.*

»Lexie!«

Neben Jules stand jetzt auch Julian, der mich mit geschockter Miene ansah. So blass hatte ich ihn noch nie gesehen. Mein Blick traf seinen, aber ich wollte den Kontakt nicht abbrechen. Er sollte sehen, dass ich stark genug dafür war.

»Was ist hier los?«, stellte Sid als Erste die Frage aller Fragen.

»Lexie …«

Julian wollte auf mich zugehen, doch ich hastete schnell zu Sid herüber. Die verstand sofort und stellte sich direkt vor mich, um mich abzuschirmen.

»Ups, da hat wohl jemand gelauscht«, stellte Jules belustigt fest.

»Lexie, ich kann das erklären.«

Wieder wollte er auf mich zugehen, doch Sid stand direkt zwischen ihm und mir. An ihr kam er so schnell nicht vorbei.

»Hey, lass sie.«

»Jules ist seine Exfrau und Michaels Affäre«, sprach ich endlich das aus, was mir so sehr auf der Zunge lag. Ich sah zu Sid und konnte nur ihren Rücken anstarren. Es kam keine Reaktion. Wieso nicht? Sie drehte sich nicht mal zu mir um.

Sie wusste es.

Jules gewinnendes Grinsen sagt es dir.

Sids Reaktion sagt es dir.

»Oh mein Gott. Ich muss hier raus.«

Mich hielt nichts mehr hier. Meine Beine trugen mich hinaus, so schnell es ging. Den merkwürdigen Blick, den mir die Empfangsdame schenkte, ignorierte ich gekonnt.

Draußen vor dem Restaurant holte ich erst einmal tief Luft. Dann machte ich mich auf zur Straße und hob den Arm, um schnellstens ein Taxi zu rufen.

»Lexie.«

Julian stand hinter mir.

»Sprich mich nicht an!«

»Sie lügt. Es war keine Rache, die …«

»Ha!« Ich lachte so laut auf, dass es schon fast an Größenwahn grenzte.

Ich drehte mich zu ihm um und sah in seine grüngrauen Augen, die ihren Glanz verloren hatten.

»Es war also reiner Zufall, dass ich in deine Kanzlei kam? Lass mich raten. Den Unterhalt, den ich nie wollte, hast du mir bloß besorgt, weil du ein guter Samariter bist, was? Ich bin so blöd … ich dachte wirklich …«

Ich holte tief Luft. Ich musste klar im Kopf werden. Ich durfte hier nicht die Nerven verlieren, das hatte ich schon bei Michael. Aber das hier, diese Situation würde mir nicht entgleiten.

»Deine Ex fickt Michael, also fickst du mich.«

»Nein, großer Gott.«

Er holte tief Luft, fasste in sein Haar.

»Lexie … ich gebe zu, dass ich zu anfangs genauso gedacht habe. Dass ich die Scheidung dazu nutzen könnte, ihn endlich plattzumachen. Es war klar, dass Michael Dreck am Stecken hatte. Aber keiner wusste, was genau. Ich habe aber nie geplant, etwas mit dir anzufangen oder sogar Gefühle für dich …«

»Stopp!«

Ich drückte ihn weiter von mir weg. Er kam mir immer näher und das war eine gefährliche Nähe. Er sollte sich nicht wagen, irgendwelche Gefühle anzusprechen. Nicht jetzt. Nicht so.

»Bitte, Lexie. Ich wollte es dir sagen. Schon eine ganze Weile. Aber es kam immer was dazwischen … und …«

»Lexie!«

Sid kam aus dem Restaurant geeilt, doch ich brachte sie mit einer Handbewegung zum Halten.

»Du wusstest davon«, schlussfolgerte ich.

Ich spürte, wie Julian die Schultern sinken ließ. Sid nickte einfach nur. Ihre ganze Körperhaltung sagte praktisch aus, wie schuldig sie sich fühlte.

Kopfschüttelnd sah ich beide an.

»Ihr seid echt das Allerletzte.«

Endlich hielt ein Taxi direkt vor mir. Ich öffnete die Tür, doch Julian griff danach.

»Bitte, lass uns reden. Lass es mich erklären.«

»Lass die Tür los.«

»Lexie«, flehte er.

»Lass. Die. Tür. Los!«

Ich sah ihn nicht mal mehr an. Ich wollte einfach nur noch hier weg.

Er ließ los.

Ich hätte Fragen stellen sollen. Ich hätte Jules meine Faust direkt in ihr dick geschminktes Gesicht schlagen sollen. Ich hätte Sid fragen sollen, was sie genau und wie lange sie es schon wusste, und ich hätte …

Aber das hast du nicht.

Ich war geflüchtet und jetzt verbarrikadierte ich mich in meiner Wohnung.

Du bist so erwachsen, Lexie!

»Großer Gott, es ist egal. Sie haben alle gelogen und ein Spiel mit mir gespielt«, redete ich mir selbst ein.

Ich saß auf meinem Sofa und starrte meinen ausgeschalteten Fernseher an. Jepp, das war Balsam für die Seele.

»Mach die Tür auf, Lexie«, rief Sid durch den Hausflur.

Das konnte doch nicht wahr sein! Ich drückte mein Gesicht in eines der Sofakissen. *Du hörst sie nicht, du hörst sie nicht.*

»Ich weiß, dass du da bist. Der Stalker da unten im Auto hat dich reingehen sehen.«

Von wegen, Julian hatte die Tagesschicht abkommandiert. *Lügner, Lügner …*

»Verschwinde, Sid. Und sag dem Typen im Auto, er kann sein Sandwich vergessen.«

»Sag es ihm selbst. Jetzt mach die Tür auf. Komm schon, ich will mit dir reden.«

»Klar, und dann steht Julian neben dir.«

»Er ist nicht hier. Ich hab Jackson angerufen, der kümmert sich jetzt um ihn. Bitte, Lexie.«

Ich zog die Knie nah an meinem Körper.

»Hast du es gewusst?«

Hinter der Tür blieb es einen langen Augenblick still.

»Was gewusst?«

»Du hast mich von Michael weggeholt. Du hast gesagt, du hättest ihm am liebsten die Eier abgeschnitten. Du meintest damals nicht nur die Sache, die er mit mir angestellt hat. Du meintest auch nicht nur die Affären, du meintest das mit Jules, oder?«

Wieder war es eine ganze Weile still hinter meiner Haustür.

»Mensch, Lexie ... was willst du jetzt von mir hören?«

»Die Wahrheit. Einfach die Wahrheit.«

Sids Seufzer konnte ich auch auf meiner Seite der Tür hören.

»Ich kenne Julian seit Jahren. Wenn du Michael mal begleitet hättest, hättest du ihn sicher schon eher kennengelernt. Jedenfalls ... na ja, du weißt, dass ich Jules beim Ehebruch erwischt habe. Es war Michael, der mit ihr dort war.«

»Ein Jahr lief das mit den beiden. Unglaublich!«

»Lexie«, dehnte sie meinen Namen seufzend. Das war Reaktion genug für mich.

»Wie konntest du mir das antun?! Du wusstest, dass ich es vermutete. Dass er nicht treu war. Und du hast nie etwas gesagt, obwohl du längst Bescheid wusstest. Erst als er mich fast erstickt hat, hast du mir geholfen. Verflucht seist du, Sidney!«

Ich nannte sie absichtlich mit vollem Namen. Und ich wusste, sie hasste es. Ha!

»Okay, du willst, dass ich es dir erkläre. Dann mach die Tür auf. Ich will hier ungern im Flur stehen und ...«

»Wurde ich gefragt, als du mich ein Jahr belogen hast?«, schrie ich ihr entgegen. Okay, das war vielleicht etwas zu laut, aber ich hatte das Recht dazu. Mehr als das!

»Lexie, bitte. Julian war fix und fertig, als ich ihm von Michael und Jules erzählt habe. Er bat mich darum, Michael nicht vorzuführen. Also dir nichts zu sagen. Er kannte dich nicht. Julian wusste nicht, was er da tat. Aber er war sowieso nicht zurechnungsfähig. Ich tat ihm den Gefallen und hielt dicht. Was mir unglaublich schwerfiel. Das weißt du. Dich zu belügen, war das Schwierigste, was ich jemals tun musste, aber ... es war ein Fehler. Das weiß ich jetzt. Ich hätte es dir vorher sagen müssen, aber ... das mit Michael ist Geschichte. Das sollte es auch für dich sein!«

Okay, das reichte!

Ich stapfte wütend zur Tür und riss sie auf. Sid wich einen Schritt zurück, als sie mich erblickte.

»Es geht mir nicht um Michael. Michael ist mir scheißegal!«, brüllte ich ihr entgegen.

»Okay«, flüsterte sie ehrfürchtig.

Ja, ich musste wirklich einschüchternd wirken.

»Meine beste Freundin hat mir ein Jahr lang nicht gesagt, was mein *Mann* da trieb!«

Sids Kopf senkte sich etwas.

»Ich weiß. Und es tut mir leid.«

»Was auch immer Julian vorhatte. Ich hoffe, das war es wert, unsere Freundschaft geopfert zu haben.«

»Was?!«

Ihr Kopf schoss nach oben, ihre Augen weiteten sich vor Schreck.

»Was erwartest du von mir, Sid? Wie soll ich dir je wieder vertrauen?«

»Ich ... weiß es nicht«, antwortete sie resigniert. »Aber wenn du mir schon nicht verzeihen kannst, solltest du wenigstens mit Julian reden.«

Schnaubend verschränkte ich die Arme vor der Brust.

»Und wieso sollte ich das tun? Ich war Mittel zum Zweck!«

»Sag mal bist du jetzt total blind, oder was? Es ist doch offensichtlich, dass Julian etwas für dich empfindet.«

»Das sagst *du*«, antwortete ich mit leiser Stimme und scharrte mit meinen Füßen vor dem Türrahmen herum. *Ja, ich hatte wieder meine Pantoffeln an.*

»Michael hat dich wirklich so schlimm verunsichert. Früher warst du nicht so, Lexie.«

»Wie war ich denn?«

Das erste Mal suchte ich ihren Blick, der jetzt mehr Entschlossenheit zeigte als vorher.

»Du warst dir deiner Wirkung auf die Männer bewusst. Du warst nicht voller Selbstzweifel. Du wusstest immer, was das Richtige war. Und wenn du ganz tief in dich gehst, wirst du auch merken, dass Julian nicht die Absichten verfolgt, die du ihm jetzt vorwirfst!«

Zehn Minuten später saß ich wieder auf meinem Sofa. Sid war gegangen. Ich wusste nicht mehr, was ich zu ihr sagen sollte. Sie hatte mich enttäuscht. Sid war die letzten Jahre immer meine Stütze gewesen. Ich konnte ihr alles anvertrauen. Und doch zweifelte ich jetzt alles an. Mir war klar, dass sie zwiegespalten war, als Julian sie bat, nichts zu sagen. Aber es ging doch um meine Ehe. Um mein Leben.

Irgendwann schlief ich ein. Ich hatte so viel geheult und mir so schlimm den Kopf über all die Dinge zerbrochen, dass ich irgendwann einfach nur noch die Augen schloss.

Als die Sonne langsam aufging, wachte ich auf. Ich streckte meine Glieder erst einmal. Meine Augen fühlten sich wie Betonklötze an. Ich traute mich nicht mal, in den Spiegel zu schauen.

Mir fiel mein Handy ins Auge. Ich hatte es ausgeschaltet, als ich im Taxi Richtung Wohnung fuhr.

Ich nahm es und schaltete es an. Sofort piepte es auf ... und zeigte mir mehrere Nachrichten und Anrufe an. Alle waren von Julian. Ich schloss kurz die Augen, atmete einmal tief ein und wählte meine Mailbox an. Ich stellte das Handy auf Lautsprecher und lehnte mich auf dem Sofa zurück.

»Freitag, 23:34 Uhr«, sprach die Mailboxstimme.

»Lexie ... bitte.« Julians Stimme klang verzweifelt und sofort kribbelte es wieder verdächtig in mir. Ich liebte seine Stimme.

»Sid hat gesagt, ich solle dich erst mal in Ruhe lassen. Aber ich kann nicht. Ich mache mir Sorgen. Und ... ich will nicht, dass du den Scheiß glaubst, den Jules erzählt hat. Es ist niemals so gewesen, wie sie meint. Ich ... ich wollte Rache, ja. Aber nicht, weil ich mit seiner Exfrau, mit dir ... Das mit dir war nicht geplant. Du ...«

Die Nachrichtenlänge wurde überschritten. Also drückte ich die nächste Nachricht.

»Freitag, 23:36 Uhr.«

»Diese beschissene Mailbox«, fluchte Julian ins Telefon. Ich kicherte.

»Lexie, ich habe mich verändert. Du hast mich verändert. Mein Leben bestand immer nur daraus, der Beste in meinem Job zu sein. Jetzt will ich der beste Mann für dich sein. Ja gut, ich hab's heute echt vermasselt. Ich hätte es dir schon eher sagen sollen, aber ich hatte Angst ... wann hätte es den besten Zeitpunkt je gegeben, um ...«

Panisch, weil die Nachricht zu Ende war, drückte ich schnell die nächste an.

»Freitag, 23:39 Uhr.«

»Jetzt lass mich doch machen, Mann«, brüllte Julian ins Handy hinein.

»Lass sie in Ruhe. Es hat sicher seinen Grund, wieso sie ihr Handy aus hat«, antwortete Jackson ihm genervt. Man hörte ein Rumpeln und dann war die Nachricht beendet.

O-okay. Was war das jetzt gerade?

Ich drückte die letzte Nachricht.

»Samstag, 02:21 Uhr.«

»Leeeexie ...«, schrie Julian in den Hörer. »Baby, ich ... ich bin völlig betrunken.«

Er lachte kurz laut auf.

»Ich ... ich brauche dich ... ich kann den ganzen Scheiß nicht mehr ohne dich. Bitte. Verzeih mir. Jules ist neidisch, die blöde Schlampe. Neidisch, weil ich dich mehr will, als ich sie je wollte. Verstehst du das?! Ich liebe ...«

Die Nachricht endete wie immer mit einem Piepton.

»Das darf doch nicht wahr sein«, schrie ich vor Wut und fuhr mir durch meine Mähne.

Also, Julian hatte sich entschuldigt. Dann hatte er getrunken und wollte mir etwas am Ende sagen, was so ähnlich klang wie ... *Ich liebe dich.*

Ich ging noch einmal meine SMS-Nachrichten durch. Mehr als ein »Geh ans Handy ran« oder »Verzeih mir« schrieb er nicht.

Hastig stand auf.

»Ich muss zu ihm«, sprach ich wieder mal mit mir selbst.

Es mochte ja sein, dass Julian es mir hätte sagen sollen. Aber wann wäre der perfekte Zeitpunkt gewesen? Nach dem Sex, als wir kuschelnd im Bett lagen? Oder beim Essen? Wann? Ich wäre so oder so hochgegangen wie eine Rakete ...

Ich zog mir meine Jeans, eine Bluse und meine Ballerinas an.

Dann knotete ich meine Haare zusammen, so schnell es ging, legte etwas Mascara auf und rannte praktisch aus dem Apartment.

Als ich auf die Straße zulief, sah ich auf der gegenüberliegenden Seite wie immer Roberts in seinem Audi sitzen. *Na, wenn das kein Zufall ist!*

Grinsend ging ich auf ihn zu.

»Guten Morgen!«, begrüßte ich ihn.

Er zog seine Krawatte zurecht und lächelte so zaghaft, wie ich es mittlerweile von ihm kannte.

»Guten Morgen, Miss Johnson!«

»Ich muss dringend zu Ihrem Boss. Können Sie mich hinbringen?«

Er starrte mich überrascht an.

»Ähm, gerne, Ma'am.«

Ich saß bereits neben ihm. Er hätte eh nichts anderes sagen können.

Die Autofahrt verlief still. Ich überlegte immer wieder mal, ob ich Julian nicht anrufen sollte, aber ich beließ es dabei, einfach vor seiner Tür zu stehen. Er hatte wahrscheinlich eh einen Kater. Wer wusste schon, ob er überhaupt telefonieren konnte? *Mit mir reden muss er aber!* Ich wollte endlich wissen, was das zwischen uns war. Und was es mit Jules und ihm auf sich hatte. Ich musste einfach alles wissen.

Zwanzig Minuten später parkte Roberts direkt vor Julians Apartmentkomplex.

»Danke, Roberts. Ach, und morgen bringe ich Ihnen auch wieder ein Sandwich mit.« Ich zwinkerte ihm zu und der Bulle lächelte.

Ich hastete durch die untere Lobby. Der Concierge blickte mich nur kurz an, nickte mit grimmiger Miene und ich stieg in den Lift.

Als ich hochfuhr, grinste ich in mich hinein. *Julian hatte recht. Egal welcher Lift, man wird immer wieder daran erinnert.*

Die Türen des Lifts öffneten sich und ich stieg aus. Einmal tief Luft holend ging ich schnurstracks zu seiner Apartmenttür und klopfte mehrmals.

»Du schaffst das, Lexie. Du schaffst das«, sprach ich mir Mut zu. Mein Herz schlug mir bis zum Hals.

Die Tür wurde aufgerissen und all das Blut, das so wild durch meinen Körper gepumpt wurde, erfror sofort.

»Oh … Alexandra.«

Vor mir stand Jules, mit nichts weiter bekleidet als einem Handtuch. Ihre Haare hatte sie hochgesteckt. Ihr Körper glänzte noch von der Dusche.

Ich starrte sie mehrere Sekunden lang an.

»Das ist jetzt ein sehr peinlicher Moment, nicht wahr?«, lächelte Jules beschämt und zog an ihrem Handtuch herum.

Wieder konnte ich sie einfach nur anstarren. Da stand ich also nun. Vor Julians Apartment und seine Exfrau öffnete mir die Tür. Mit nichts weiter am Körper als einem Handtuch.

»Ich …«

So weit kam ich, denn dann sah ich, wie Julian langsam die Treppe herunterkam. Er rieb sich mehrmals die Augen. Als er unten ankam, stoppte er sofort. Er hatte uns beide bereits gesehen.

»Was zum Teufel?«

Ich starrte ihn an … er trug noch seine Anzughose. War aber ansonsten oberkörperfrei.

»Guten Morgen, Schatz«, lächelte Jules ihm entgegen.

Julians Blick konnte ich nicht deuten.

»Das kann ich mir nicht …«

Nicht mal den Satz konnte ich noch beenden.

Ich lief zum Fahrstuhl zurück und drückte panisch den Knopf.

»Jetzt geh schon auf. Na los.«

Die Türen öffneten sich und ich sprang regelrecht hinein. Wieder missbrauchte ich den Knopf, nur damit die Tür sich schneller schloss. Gerade wollten sie sich zusammenschieben, als der halb nackte Julian noch hineinsprang.

»Nein, warte!«

Ich drückte mich sofort in eine Ecke. Er sollte mir ja nicht zu nah kommen.

»Es ist nicht so, wie du denkst!«

Julian drückte irgendeine Taste und der Fahrstuhl blieb auf der gleichen Etage stehen.

»Ich will gehen«, sprach ich mit fester Stimme.

Ich versuchte, cool zu wirken, stark. Aber allein sein Anblick brachte alles in mir zum Kochen. Julians Augen waren gerötet, er hatte sich nicht rasiert, seine Haare lagen überall, nur nicht geordnet auf seinem Kopf. *Wilde Nacht gehabt! Dreckskerl!*

»Ich habe keine Ahnung, wie sie in mein Apartment kam. Ich ...ich habe nicht mit ihr ...« Er fuhr sich durchs Haar. »Ich hab keine Ahnung, was passiert ist ... ich ...«

Und da sah ich es. Auf seiner Brust, riesengroß. Ein Knutschfleck. Sämtliche Spannung verließ mein Gesicht. Er bemerkte es.

»Lexie, was ist?«

Julian musste meinen Blick auf seine Brust gesehen haben, denn er starrte auch darauf.

»Shit, Lexie.«

Meine Hand schoss hoch und ich gab ihm eine schallende Ohrfeige.

»Raus aus dem Fahrstuhl!«, schrie ich wütend.

Schon flossen die ersten Tränen. Mein Körper zitterte, und obwohl seine Wange von meiner Ohrfeige rot leuchtete, spürte ich noch immer den Drang, ihm immer wieder eine zu scheuern.

Julian berührte seine Wange und starrte mich an.

»Raus.«

Meine Atmung ging schneller, meine Brust hob sich so hastig, dass ich Angst hatte, bald umzufallen. *Bitte geh.* Das war doch schon demütigend genug.

»Bitte. Lexie. Ich habe ...«

Panisch, dass er irgendetwas sagte, was mich noch mehr zum Weinen brachte, stieß ich ihn weiter von mir, bis er aus dem Fahrstuhl war. Er ließ alles widerstandslos mit sich machen.

»Kein Recht hast du mehr. Hast du das verstanden?! Du hast kein Recht mehr, dich zu erklären. Verschwinde. Lass mich in Ruhe!«, brüllte ich und ging zurück in den Fahrstuhl.

Er blieb dort stehen, wo ich ihn hingestoßen hatte. Sein Blick war die ganze Zeit auf mich gerichtet. Sein Kiefer war angespannt, er ballte die Hände zu Fäusten. Aber er sagte nichts. Gar nichts.

Ich drückte noch einmal den Erdetagenknopf und die Türen schlossen sich. Endlich.

Ich war nur wenige Sekunden allein, als es passierte.

Ich brach zusammen. Ich heulte und schluchzte. Fiel sogar auf meinen Po, als meine Tränen schon den Boden trafen.

Er hat dich betrogen. Mit Jules. Es hat sich wiederholt. Dir ist es wieder passiert. Schon wieder!

4 MONATE ZUVOR

Ich saß auf meinem Sofa und starrte vor mich hin. Mit zitternden Händen hielt ich die Beweise in meinen Händen. Meine Tränen waren mittlerweile getrocknet. Vermutlich hatten meine Tränendrüsen auch nichts mehr übrig.

Wie lange saß ich schon hier? Keine Ahnung. Es war draußen bereits dunkel geworden und Michael kam eh nie vor 23 Uhr nach Hause. Den Grund kannte ich ja jetzt, obwohl ich es schon immer vermutet hatte.

Plötzlich hörte ich Geräusche im Flur. Dann ging die Haustür auf und Michael kam herein. Er trug noch seinen Anzug, die Krawatte war gelöst und ich hätte sogar Geld darauf gewettet, dass er wieder nach Alkohol roch.

»Hey, Süße. Wieso sitzt du denn hier im Dunkeln?«

Er schaltete das Licht an und sah sofort die Koffer, die an der Tür standen. Es waren seine.

»Was machen denn die Koffer hier?«

»Du ziehst aus«, war alles, was ich dazu sagte.

»Ich ziehe aus?«

Michael lachte laut auf. Da ich ihn aber nur stumm anstarrte, hörte er sofort damit auf.

»Was soll das heißen?«

Ich hob meine Hand und zeigte ihm die kleinen Zettel. Dann las ich vor: »Es war toll mit dir. Ruf mich an. Oder melde dich, wenn du noch mal den besten Orgasmus deines Lebens haben willst.«

Weiter vorlesen wollte ich nicht. Mir kam ja jetzt schon fast wieder die Galle hoch.

»Süße …«

Ich stand auf und funkelte ihn wütend an.

»Beim nächsten Mal solltest du deine kleinen Eroberungen wenigstens entsorgen, du Mistkerl. Dachtest du, ich schaue nicht in die Hosentaschen, wenn ich die Wäsche mache? Bist du schon so unvorsichtig geworden?«

»Das hat nichts zu bedeuten«, antwortete er mit zusammengebissenen Zähnen. War Michael etwa wütend auf mich? Ernsthaft?

»Das interessiert mich nicht. Nimm deine Sachen und verschwinde!«

»Das werde ich nicht. Wir werden darüber reden. Eine Lösung finden.«

»Lösung?« Ich lachte spöttisch auf. »Das ist meine Lösung. Du ziehst aus und das zwischen uns ist vorbei!«

Michael kam ohne Vorwarnung auf mich zu. Seine blauen Augen funkelten immer noch, aber das war das erste Mal, dass ich etwas dort sah, was mir wirklich Angst machte. Jetzt roch ich auch wieder Parfum. Es war süßlich und gehörte definitiv einer Frau. Wieso roch ich das erst jetzt? Alkohol konnte ich zwar auch an ihm riechen, aber der war nicht so penetrant wie dieses Parfum.

»Du wirst dich nicht trennen. Das gibt es für mich nicht.«

Michael packte meinen Oberarm und versuchte mich noch eindringlicher anzustarren.

»Lass mich los. Du tust mir weh.«

»Du bist meine Ehefrau, Lexie. Und das wirst du auch bleiben. Da werden die anderen Frauen nichts dran ändern, verstanden!«

Seine Augen leuchteten nicht mehr so hell wie früher. Sie versprühten keine Wärme mehr. Nein, in ihnen konnte ich nur Wut und Hass sehen. Wie konnte ich mich je so täuschen? Er war mein Ehemann und das hier konnte ich nicht vorhersehen?

»Du sollst mich loslassen, Michael. Du bist verrückt. Verschwinde und …«

Doch weiter kam ich nicht, denn plötzlich packte er mich am Hals.

»Du wirst das tun, was ich dir sage. Meinst du, ich heirate dich, damit du dich von mir trennen kannst?!«

»M-michael«, krächzte ich und hielt mich panisch an seinen Armen fest. Ich bekam keinen Funken Sauerstoff mehr, er drückte mit solch

einer Kraft zu, dass ich wenige Sekunden später mit den Knien auf den Boden fiel.

»B-bitte«, flüsterte ich weiter, doch er schien mich nicht mal zu hören. Als würde er durch mich hindurchsehen, drückte er immer länger zu. Ich musste etwas tun, ich würde sterben, wenn … ich würde sterben, wenn ich hier nicht wegkam.

Mit letzter Kraft trat ich ihm vors Schienbein. Es klappte, er ließ mich los und sofort ergab ich mich in einen langen Hustenanfall.

»Lexie? Oh Shit, Lexie, es tut mir so leid.«

Michael wollte mich berühren, doch die Panik, die immer noch nicht abgeebbt war, ließ Adrenalin in meine Füße schießen und ich hastete in die andere Ecke meiner Wohnung.

»Fass … Fass mich nicht an«, krächzte ich. Gütiger Gott, meine Stimme. Ich berührte meinen Hals, der fürchterlich schmerzte.

Michael ignorierte mich, denn er ging auf mich zu. Nein. Ich konnte ihn nicht mehr einschätzen. Was würde er mir als Nächstes antun? Er berührte meine Schulter und sah mich an. So wie ich es von ihm kannte.

»Süße, es tut mir leid. Aber du kannst mich nicht rauswerfen. Wir gehören zusammen. Eine Trennung akzeptiere ich nicht.«

Der Druck an meinem Oberarm wurde wieder stärker. Er beugte sich etwas über mich, sodass ich diesen Blick voller Wahnsinn noch genauer erkennen konnte.

»Wir werden das hinbekommen.«

Was würden wir hinbekommen? Dass ich keine Fragen stellte, wenn er wieder mal nachts weg war? Oder er nach einer anderen Frau roch?

Michael wollte auch die zweite Hand auf mich legen, als ich instinktiv handelte. Ich musste es tun!

Ich schubste ihn von mir weg, was mir nur halbherzig gut gelang, und holte aus. Meine ganze Kraft steckte in dieser Faust. Ich hatte noch nie jemanden geschlagen. Vor allem nicht mit der Faust, aber das hier war eine Situation, in der ich handeln musste.

Michaels Kopf flog zur Seite und er landete schwankend auf dem Boden. Ich war von mir selbst geschockt. Meine Hand pochte wie wild, aber ich war hier noch nicht sicher. Ich musste raus hier. Sofort. Also rannte ich zur Tür und riss sie auf.

»Nein, du mieses Stück, du bleibst hier!«

Ich hörte, wie irgendwas zu Boden fiel. Ich kam bis in den Hausflur, dann konnte er meine Haare erwischen und zog daran, sodass ich schreiend zu Boden fiel.

»Ach du Scheiße, lass sie sofort los!«

Sid stand vor uns und schnappte panisch nach Luft.

Michael ließ, ohne zu zögern, meine Haare los und ich war unendlich erleichtert.

Sid war da. Er würde mir nichts mehr tun.

»Wir hatten nur eine kleine Meinungsverschiedenheit«, versuchte Michael, sich zu erklären.

»Ach ja?« Sid kam auf mich zu, um mir hochzuhelfen. Sie musterte mich.

»Meinungsverschiedenheit? Ich rufe die Polizei!«

»Nein, bitte. Bring mich einfach nur hier weg.«

Unsere Blicke trafen sich. Erst jetzt bemerkte ich, dass meine Wangen tränenüberströmt waren. Ich musste die ganze Zeit über wieder geweint haben.

»Ja, vielleicht bleibst du ein paar Tage bei Sid … und dann reden wir noch mal über alles, Süße. Streit kommt doch in der besten Ehe mal vor. Ich rufe dich an.«

Ich beachtete Michael nicht mehr, Sid auch nicht. Sie half mir auf und nahm mich mit.

In dieser Nacht wurde mir eines klar: Ich würde mich nie wieder so täuschen lassen. Nie wieder würde ich einem Mann so viel Vertrauen entgegenbringen. Denn eines lernte ich in dieser Nacht: Jemanden zu lieben kann dich in große Gefahren bringen!

– Ende –

MIX
Papier | Fördert
gute Waldnutzung
FSC® C083411

Zeitfracht Medien GmbH
Ferdinand-Jühlke-Straße 7
99095 Erfurt, Deutschland
produktsicherheit@kolibri360.de